Autorenteam Christliches Gymnasium

Im Herzen der Anderen unsterblich

Anthologie

PRAEPARATIO EVANGELICA

Schriften des Christlichen Gymnasiums Jena

herausgegeben von

Hansjoachim Andres

und

Johannes Deja

Band I

Im Herzen der Anderen
Unsterblich

Anthologie

von

einem Autorenteam des
Christlichen Gymnasiums Jena

Titelillustration: **Sophia Förster**
Dargestellt sind Pons Aelius und Engelsburg, Rom, eigentlich Mausoleum des Kaisers Hadrian (76-138), Schauplatz der Erzählung „Aus einem anderen Kampf um Rom".

2., überarbeitete Auflage, 2019

Die Erstauflage von 30 Exemplaren erschien im Jahr 2014 und war nur über das Christliche Gymnasium Jena zu beziehen.

© 2019 Christliches Gymnasium, Autorenteam
Herstellung und Verlag: BoD – Books on Demand, Norderstedt
ISBN: 9783750413634

Inhaltsverzeichnis

Vorwort zur ersten Auflage 2014

Dieses Buch ist, will man es bildlich ausdrücken, das Ergebnis einer Nachlassverwaltung. Als ich im Frühsommer 2014 die Arbeitsgemeinschaft „Junge Autoren" am Christlichen Gymnasium von Frau Sophia Schrade übernahm, fanden sich nur noch zwei regelmäßige Teilnehmer, Luise Krahnert und Henriette Färber, dafür aber umso mehr nachgelassene, teils nicht korrigierte und zu einem nicht geringen Teil anonyme Werke, die ich nun zusammen mit den beiden Mistreiterinnen ediert und in eine annehmbare Reihenfolge gebracht habe. Dabei konnte ich, der ich selbst eine staatliche Schule besucht hatte, als Außenstehender feststellen, dass die Konzeption des Christlichen Gymnasiums nicht nur bezüglich der Leistungen der Schüler, sondern auch der Menschenbildung, die jede gymnasiale Bildung schließlich sein sollte, gefruchtet hat. Die konfessions-übergreifende Ausrichtung und das Angebot des frühen Latein-unterrichts erzielen eine, auch in diesem Band sichtbare, Ausrichtung, die sich mit dem althergebrachten humanistischen Gymnasium messen kann, da beide auf der Wurzel aller europäischen Bildung, der griechisch-römischen Antike, fußen, sich aber gleichwohl darin unterscheiden, dass die klassische Antike den Boden des humanistischen, die Spätantike aber den des Christlichen Gymnasiums bildet. So lässt sich auch sagen, dass dieser Band letzten Endes um zwei Pole kreist: antike Weltanschauung und christliche Weltanschauung, in der heutigen Zeit gespiegelt und sich oft nur am Horizont abzeichnend, aber trotzdem stets als Grundton vorhanden. So lässt sich jedes der Werke, was Literatur schließlich leisten sollte, zugleich auf der offenkundigen Ebene und danach auf der allegorischen Ebene lesen: So ist das **Geheimnis des alten Gasthauses** in erster Linie eine Kurzgeschichte mit einer witzigen Pointe, in zweiter aber nach der zuweilen antiken Romanen zugeschriebenen Art ein Mysterientext, der an vielen Stellen den Eindruck macht, unter einer dünnen Folie eigentlich gar keine menschliche Geschichte, sondern vielmehr eine mythologische zu erzählen: von einem Abstieg in die Unterwelt, Joseph und seinen Brüdern, Persephone und anderen indoeuropäischen Stoffen. So gibt es in der **Nachtwanderung** beinahe keinen Satz, der nicht sofort ironisiert würde und nicht den Eindruck macht, als wolle er nur darauf hinweisen, dass all das schon sehr oft erzählt worden ist, wie im Ennui der Augusteischen Zeit, da alles

schon einmal da war, und nichts mehr ernsthaft betrachtet werden konnte; da Ablehnung einer jeden Erkenntnis- und Neuerungsfähigkeit die Frucht der bis dahin existierenden Geistesgeschichte waren. Es erübrigt sich zu sagen, wie nahe wir dieser Zeit stehen. Doch rissen die gewaltigen Ereignisse, diese tatsächlich größte Geschichte, die jemals erzählt worden ist, jene um Jesus von Nazareth, genau in jener Zeit, da es am nötigsten war, die Welt aus einer unfruchtbaren Lethargie und bereiteten den Boden, auf dem wir noch heute stehen und gehen können. So trägt der Auszug **aus einem Roman** offenkundig in erster Linie die Züge der modernen Fantasy-Literatur, inklusive der permanenten logischen Widersprüche und des künstlichen, oberflächlichen Heidentums, bis einmal eine einzige Stelle auch dort aufblitzt und zwar in menschlichem Zusammenhang, doch auf viel größeres verweisend, feststellt: „Die Wege unseres Meisters sind unergründlich und selbst wenn wir sie verstehen wollten, wir würden es nicht schaffen." Da hört man einen Prediger in der Wüste. Ganz entgegengesetzt spiegelt der Passus **aus einem anderen Kampf um Rom** die genau entgegengesetzten Vorzeichen: In historischer Zeit, während der Gotenkriege Justinians angesiedelt, wird vor einem völlig christianisierten Hintergrund das ständig in Zeichen aufbrechende Heidentum dargestellt, dass aber deutlich seinem Ende entgegengeht. Welch ein Kontrast ist es, wenn die Heruler sich vor dem von ihnen als göttlich verehrten Belisar niederwerfen, da er drei ihrer Feinde erschossen hat und Belisar danach still Gott um Verzeihung bittet! Da ich nun in der geschilderten Zeit einigermaßen heimisch bin, muss ich feststellen, dass eine derartige Szene, wie auch etliche andere dargestellte Gegebenheiten, zwar nicht in den Quellen belegt ist, aber, was bedeutender sein muss, Geschichte eigenständig deutet und in eine große Geistesgeschichte einordnet.

Die nun schon angesprochenen Probleme der antiken Diesseitsbezogenheit und ihrer unbefriedigenden Antworten auf die Fragen nach dem „woher" und dem „wohin" werden in den **Gedichten** Luise Krahnerts mit einer sehr antiken Antwort aufgenommen: Nur im Herzen der Anderen sind wir unsterblich. Der Grundpfeiler der homerischen Weltanschauung wird hier noch einmal zur Sprache gebracht: Nur der Ruhm wird von den Menschen bleiben. Selbst dieser aber wird in der den Herausgebern anonym vorliegenden **Tetralogie** mit den Worten „All das ist nichts wert" negiert. Und den logischen Schluss zeigt am Ende die **Brahms-Skizze**, in der sich der Komponist entschließt, seine Vergangenheit zu verdrängen und nur noch den Ruhm zu suchen, obwohl er noch wenige Momente vorher seine Schaffenskraft verloren sah, da er keine anderen Optionen mehr hat. Die Auflösung des Spannungsfeldes nun findet sich in den Balladen um die **Kaiser und Christus**. Alles bisher Angesprochene: Heidentum und Christentum, Diesseitsbejahung und Jenseitshoffnung, findet darin in einer episodischen Erzählung seinen Niederschlag. Es schildert Männer, die sich dem einzigen Ausweg aus den Zweifeln der antiken Philosophie bewusst sind, dem Fragen des Sokrates, der Aporie des Platon und dem jede Diskussion beendenden „Was ist Wahrheit?" des Pilatus, indem sie nur darauf bauen, dass Gott den Weg kennen wird, der zu gehen ist und die Antwort auf alle Fragen darstellt. Von den Zeiten der Verfolger über die Wende unter Konstantin, der offenkundig nicht unter einer körperlichen, sondern der seelischen Krankheit der Antike leidet, zu dem immer wiederkehrenden Arianischen Streit, über die furchtlosen Männer, die weder den Zorn der Kaisers, noch die Barbaren, noch das Martyrium scheuen, zu der Verbindung von Politik und Orthodoxie und letzten Endes dem danach logischen Schluss der Antike, dass Phokas vor dieser unhaltbaren Verbindung seine Krone dem Papst übergibt und damit die Kirche über die Welt siegen lässt. Von den Szenen selbst ist, wie die letzte, wenig historisch, aber es bietet eine kraftvolle Deutung, die im letzten Stück um Theodosius II. klar herausstellt, dass Kaisertum und Christentum letzten Endes nicht vereinbar sind, aber durch alle Stücke eine entscheidende Botschaft ziehen lässt: Die Liebe Gottes zu jenen, die ihn lieben und die ungebrochene Kraft des Glaubens an den, der nicht die Bürgerkrone des Augustus für die Rettung der Römer, sondern die Dornenkrone für die Errettung aller trug.

Hansjoachim Andres

Vorwort zur zweiten Auflage 2019

Als ich im Jahr 2014 die Arbeitsgemeinschaft „Junge Autoren" des Christlichen Gymnasiums Jena zum ersten Mal leiten durfte, verglich ich diese Tätigkeit im Vorwort der daraus hervorgegangenen Anthologie mit der eines Nachlassverwalters, der lediglich bereits vorhandene und abgeschlossene Beiträge zusammenstellen, aber kaum neue Teilnehmer und Ideen anregen kann.

Glücklicherweise hat sich die Situation in den letzten fünf Jahren erheblich verbessert.

Meinen Nachfolgern Luise Krahnert – selbst aus den Reihen des Christlichen Gymnasiums hervorgegangen – und meinem Kommilitonen Johannes Deja von der Friedrich-Schiller-Universität Jena gelang es, wieder mehr Schüler heranzuziehen, neue Impulse zu geben, und die literarische Produktivität der Teilnehmer so nachhaltig anzuregen, dass die fortlaufenden Ergebnisse der Arbeitsgemeinschaft heute in Form einer eigenen Reihe veröffentlicht werden können. Als „Praeparatio Evangelica. Schriften des Christlichen Gymnasiums Jena" sollen diese Bände nicht nur die thematisch zusammengehörigen Beiträge eines jeden Kurses versammeln, sondern in ihrer Gesamtheit auch die Entwicklung sowohl der individuellen Teilnehmer als auch der Stimmungen, Weltanschauungen und Geisteshaltungen unter den Schülern dieser besonderen Schulform über die Jahre dokumentieren. Somit können die Schriften des Christlichen Gymnasiums geradezu als dessen Chronik gelesen werden, stehen Bücher doch zwangsläufig unter dem Einfluss der Lebenswelt und Zeit ihrer Autoren.

Bei dem vorliegenden Band handelt es sich um die zweite und überarbeitete Auflage jener Anthologie, die im Jahr 2014 in 30 Exemplaren gedruckt wurde und heute schon längst vergriffen ist. Daher war es an der Zeit, sie nun in Form einer Veröffentlichung dauerhaft zugänglich zu machen.

Zu diesem Zweck steuerte Sophia Förster, Schülerin des Gymnasiums, eine Titelillustration bei. Ihr gilt besonderer Dank.

Da die Anthologie den chronologischen Anfang der Veröffentlichungen der AG „Junge Autoren" bildete, soll sie nun auch der Anfang der Schriften des Christlichen Gymnasiums Jena sein. Nach wie vor sind wir „im Herzen der Anderen unsterblich" und nicht zuletzt die Transformation solcher dauernder Gedanken durch die immer neuen Jahrgänge der Schüler soll diese Reihe dokumentieren.

Hansjoachim Andres

Das Geheimnis des alten Gasthauses

1. Kapitel

Unser Schulhaus war früher eine Gaststätte. Man erzählte sich das Gerücht, dass auf ihr ein Fluch lag. Dadurch kam niemand mehr in die Gaststätte und sie wurde geschlossen. Sie stand nun schon einige Jahre leer und verfiel immer mehr. Weil die Leute Angst vor dem Gasthaus hatten, zogen sie weg. Ihre Häuser zerfielen und wurden von Wind und Wetter dem Erdboden gleich gemacht. Aber in dem Gasthaus hatten früher auch Menschen gelebt. Was war aus ihnen geworden? Irgendwann waren sie gestorben. Aber ihre Geister spukten in dem Haus noch immer umher. Und dieser Fluch lag seit jener Zeit auf der Gaststätte. Nun gab es ein Mädchen, das hieß Clara. Es wohnte im heutigen Damenviertel und war ein recht kluges Kind. Auch sie wusste von dem geheimnisvollen Gasthaus und hatte keine Ahnung, warum die Großen so ein Theater darum machten. Na, auf jeden Fall ging sie eines Tages zu der Ruine und wollte wissen, wo die Geister denn geblieben waren. Sie ging und ging und endlich war sie angekommen. Clara stand vor einem eisernen Tor. Als sie es öffnete, quietschte es gewaltig. Die hölzernen Treppen führten in einen halb zerfallenen Turm. Die Stufen knarrten beim Betreten gespenstisch. Das Geländer war mit Holzsplittern übersät. Als sie oben war, schaute sie verträumt über die liegengebliebenen Steine auf die Felder und Wiesen, wo Kühe zufrieden grasten. Die Wolken zogen langsam über den azurblauen Himmel. Clara war so in ihren Tagtraum versunken, dass sie das Rumpeln im Hintergrund nicht bemerkte. Schließlich weckte sie das Klirren einer Kette direkt neben ihrem Ohr. Sie drehte sich erschrocken um und sah … nichts. Clara lehnte sich wieder an die Mauer und träumte weiter. Plötzlich aber heulte es genau hinter ihr. Es war so laut, dass sie sich die Ohren zuhalten musste. Aber sie sah immer noch nichts. Da wurde Clara neugierig und ging den Geräuschen nach. Sie stieg die Treppe hinab und gelangte in einen schier endlosen Korridor. Es dauerte lange, bis sie die Tür am Ende des Ganges erreicht hatte.

14

2. Kapitel

Sie stand vor einer alten hölzernen Tür. Die Türklinke war verrostet, aber das Schlüsselloch war frei. Es war groß genug, um hindurchschauen zu können. Dunkel war es da drin und man sah überhaupt nichts. Erst jetzt bemerkte sie die Fackeln an den Wänden neben sich. Sie nahm eine davon und betrat den Raum. Es war so viel Gerümpel hier, dass sie kaum stehen konnte. Und da war auf einmal wieder dieses Geheule, hier in diesem Raum, ganz nah. Sie nahm ihren gesamten Mut zusammen und rief: „Zeig dich, du Heulsuse!" – „Nur wenn du die Fackel ausmachst", sagte eine Stimme. Clara warf die Fackel auf den Boden und zertrat die Flamme. „Au!", rief Clara plötzlich, denn da war ein Flaschenkorken knapp an ihrem Auge vorbeigeflogen. „Entschuldigung", sagte die Stimme. „Pass auf, ich mache mich jetzt sichtbar." Aus der Flasche (deren Korken Clara fast abbekommen hatte) quoll weißer Rauch und aus dem Dunst formte sich eine Gestalt. „Guten Tag. Ich bin der Sohn des früheren Gasthausbesitzers und heiße Jonathan Arthur. Du darfst aber Joni zu mir sagen." – „Oh, Joni, ein schöner Name. Aber sag mir, Joni, warum hast du so geweint?" – „Setz dich erst mal, denn es wird eine lange Geschichte", sagte der freundliche Geist.

3. Kapitel

„Also meine Brüder haben mich in eine Flasche gesteckt, weil sie auf meine Gabe, mich unsichtbar machen zu können, neidisch waren. Sie waren es auch, die dich mit ihrem Geklirre aus deinem Tagtraum geweckt haben, bevor sie geflohen sind. Ich habe geheult (ich wusste ja noch nicht, dass mich jemand retten würde) weil ich keine Hoffnung sah, je aus der Flasche herauszukommen. Aber du hast mich gerettet. Nochmals Dank dafür." – „Das ist ja eine schlimme Geschichte. Weißt du eigentlich, wo deine Brüder jetzt sind?" – „Nein, ich habe sie ein halbes Jahrhundert nicht mehr gesehen." Sie schwiegen eine Weile. Ein Grollen im Hintergrund beendete die Stille und ein Blitz erhellte das Zimmer für ein paar Sekunden. Durch die scheibenlosen Fenster ergoss sich der Gewitterregen in den Raum.

4. Kapitel

Während des Gewitters beschlossen Clara und Joni, es seinen Brüdern heimzuzahlen. Sie gingen also los, um Jonis Brüder zu suchen. Doch plötzlich merkte Clara, dass es schon sehr spät war und dass sie eigentlich lange im Bett liegen müsste. Ihre Eltern würden sie sicher schon vermissen. Bei diesen Gedanken kamen ihr die Tränen. Als Joni das bemerkte, versuchte er sie zu trösten: „Ach komm, wir können ..." Er unterbrach sich selbst, weil er nicht wusste, wie er ihr helfen sollte. Unter einer Trauerweide schlugen sie ihr Nachtlager auf und erwachten erst am Mittag des darauffolgenden Tages. Sie liefen weiter und entdeckten noch gut zwei Stunden seine Brüder neben einem alten verfallenen Brunnen, der ihnen als Behausung diente. Aus der alten Gaststätte hatten Clara und Joni klugerweise eine halbvolle Flasche mit Himbeergeist mitgenommen, denn jeder weiß ja, dass Geister schon bei dem Geruch von Himbeergeist schwach werden. Ihr Plan war, die drei Brüder in die Flasche zu locken und sie so unschädlich zu machen. Joni machte sich unsichtbar und legte die Flasche in die Nähe seiner närrischen Brüder. Als sie die leckeren Himbeerdünste aus der Flasche rochen, taumelten sie voller Vorfreude sofort hin. Weil das tückische Getränk gerade einmal die Hälfte der Flasche füllte, mussten die Geister hineinschlüpfen, um in den lang ersehnten Genuss zu kommen. Als die drei in einem Traum aus Himbeergeist schwebten, verschlossen Clara und Joni die Flasche und warfen sie in einen Fluss. In diesem Augenblick erfüllte sich der sehnlichste Wunsch der Freunde und Joni wurde wieder ein Mensch aus Fleisch und Blut.
Sie blieben die besten Freunde bis an ihr Lebens ... ENDE.

Luise Krahnert

Die Nachtwanderung

Nora wurde wie jeden Morgen von den ersten Sonnenstrahlen geweckt.
Manche Leute fanden, dass sie viel zu wenig schlief, aber Nora war das gewohnt.
Außerdem war es Winter und da ging die Sonne ziemlich spät auf.
Nora musste unbedingt so früh wie möglich in der Schule sein.
Sie ging nämlich heute auf Klassenfahrt!!!
Nora wusste, dass das super kitschig klang, aber ihre Gedanken konnte ja eh niemand hören.
Sie gähnte laut und wartete darauf, dass ihr Wecker klingelte: tick, tack, tick, tack, tick ... Irgendwann hielt sie es nicht mehr aus und zog sich einfach um.
Eine Stunde verging, in der Nora sich fertigmachte. Als sie endlich fertig war, rannte sie schnell zu Bushaltestelle. Ihr Bus wollte gerade abfahren, aber der Busfahrer sah Nora noch und ließ sie einsteigen. Als sie den Bus betrat, wurde sie von einer großen Schar Mädchen umkreist, die Nora vollquatschten. So verlief das den ganzen Tag, bis die Klasse an der Jugendherberge ankam. Alle stöhnten übertrieben laut, als sie die Unterkunft sahen. Aber das „Haus", wenn man es überhaupt so nennen konnte, sah auch nicht sehr vielversprechend aus: Es war von Efeu überwuchert, zerfallen und überall hingen Spinnweben. Eigentlich glich es mehr einer Ruine als einer Jugendherberge und Nora war sich sicher, dass das „Haus" prima für einen Gruselfilm geeignet wäre. Alle gingen hinein und packten ihre Sachen aus. Nora setzte sich auf ein Hochbett und hörte ihrer besten Freundin Natalie zu, die ihr erzählte, wie schrecklich sie diese Klassenfahrt bisher fand und wie dreckig die Unterkunft war. Dem konnte Nora nicht ganz zustimmen, denn die Jugendherberge war zwar von außen sehr ... na ja ... zerfallen. Aber Noras Zimmer war eigentlich ganz gemütlich: Es gab fünf Doppelstockbetten und ein paar normale, die Wände waren in einem beruhigenden Grün gestrichen und es gab zwar wenig Platz, aber das ließ das Ganze, fand Nora, umso gemütlicher wirken. Nachdem sie Abendbrot gegessen, sich geduscht hatte und ihre Zähne geputzt waren, lag Nora in ihrem Bett und starrte

die Decke an. Unter ihr hörte sie Mary atmen. Mary war ein Mädchen, das gern mal ihre Meinung sagte, aber trotzdem liebenswert rüberkam. Neben Nora schlief Natalie, die heimlich mit ihrem Handy SMS schrieb. Das Handylicht blendete, aber irgendwie schaffte Nora es trotzdem einzuschlafen. Sie wurde von einem unnatürlich grellen Licht geweckt. Zuerst dachte sie, dass Natalie wieder ihr Handy angemacht hatte, aber als Nora die Augen aufmachte, sah sie, dass Kent, Ben, Leonard und Daniel in der Tür standen und einen Wahnsinnslärm machten: „Aufstehen! Zieht euch warm an, wir machen jetzt eine Nachtwanderung!" Sie grölten durch den ganzen Raum, so laut, dass Nora sich das Kissen über den Kopf zog, um wenigstens ein bisschen weniger zu hören. Sie hörte widerwilliges Stöhnen und wie die ersten Mädchen sich aufrappelten. Nora stand auch so langsam auf und zog sich warme Klamotten an. Als alle aufgestanden waren, ging die Nachtwanderung los. Natalie beschwerte sich über die Jungen, die sich die ganze Zeit von hinten anschlichen und sie erschreckten. Nora wusste, dass Natalie sich schnell über so etwas aufregte und es trotzdem nicht so schnell vergaß. Von daher hatten die Jungen ab heute eine Rechnung bei ihr offen. „Ach Nora," sagte Natalie, „benehmen sie sich nicht wie Kindergartenkinder? Ich meine, die können doch gleich wieder in die Kita gehen, oder Nora?" In diesem Moment wurde die Dunkelheit von einem Schrei durchschnitten. Es war der Schrei eines Mädchens in Noras Alter und irgendwoher kannte sie die Stimme. Von diesem Moment an bewegte sich alles in Zeilupe: Manche Mädchen erwiderten den Schrei, manche blickten sich erschrocken um und manche hielten es sogar für einen schlechten Witz der Jungen, doch Nora handelte: Sie rannte in die Richtung des Schreis wie eine Irre, so schnell wie sie nur konnte. Manchmal peitschten ihr dabei Äste und Blätter in das Gesicht, aber genau in diesem Moment sah sie etwas Seltsames: Mary lag auf dem Boden, ihre Augen waren weit aufgerissen und ihr T-Shirt blutgetränkt. „Oh mein Gott, Mary!", sagte Nora fassungslos, „Wer hat dir das nur angetan?" Mary antwortete nicht. Nora ging etwas näher zu ihr ran und kniete sich neben sie. Mary starrte sie mit ihren leblosen Augen an. Es gab keine Zweifel: Mary war tot. Ermordet. Nord fing an zu weinen. „Nein!", schluchzte sie, „Nein, Mary, du darfst nicht von uns gehen! Bitte, bitte nicht!" Plötzlich sah sie jemanden ungefähr zehn Meter von ihr entfernt stehen: Es war Kent. Er hatte ein blutiges Messer in der rechten Hand. Eine Mischung aus Wut und Hass stiegen in Nora hoch. „Du", schrie sie Kent an, „du warst das! Du hast Mary umgebracht, oder Kent?" Anstatt ihr zu antworten, ließ er das Messer fallen und rannte weg. Nora rannte hinterher und wieder schlugen ihr die Zweige ins Gesicht, aber sie gab nicht auf und war schon ganz nah an ihm dran, doch in diesem Moment stolperte sie und fiel unsanft hin. Schmerz durchschoss ihr Bein und sie konnte nicht aufstehen. „Mist!", fluchte sie und fing schon wieder an zu heulen. Sie saß hier irgendwo im Nirgendwo, ihr Handy hatte sie im Schullandheim vergessen und die nächsten Menschen weit und breit waren eine Leiche und ein kaltblütiger Mörder. Ja, nicht einmal laufen konnte sie. In diesem Moment hörte sie zwei vertraute Stimmen: „Aufstehen!" – „Nora, wir kommen zu spät zum Frühstück!" Nora schlug die Augen auf. Sie lag in ihrem Schullandheimbett, wo Natalie und Mary sie wachrüttelten. Mary! Mary lebte! Nora hatte also nur einen dummen, blöden, bescheuerten und was sonst alles noch Traum gehabt. Innerlich machte ihr Herz einen riesigen Freudensprung. „Mary, Natalie, ihr könnte euch nicht vorstellen, was ich geträumt habe!"

Ende

L. D. T.

Aus einem Roman

Prolog

In einer dunklen, stillen Taverne mitten in der Hauptstadt Caridor auf der südlich gelegenen Insel Cimon spielte sich eine traurige Szene ab. Athur van Dorrian, Hauptmann des alten Kaisers und der alten Regierung, saß niedergeschlagen in der Ecke des Gasthauses und schaute missmutig auf das Stundenglas an der Wand gegenüber. Sandkorn für Sandkorn rieselte in den unteren Teil des Glasgefäßes. Der Mann raufte sich die strubbeligen schwarzen Haare und murmelte leise vor sich hin: „Ich hätte es doch sehen müssen, ich hätte des verhindern müssen. Berater Monrush, wenn ich dich jemals finde, dann wirst du den Morgen darauf nicht mehr erleben … Niemals werde ich dir sagen, wo sich die letzte Meisterschule befindet. Wenn *sie* versagen, versagen wir alle. Die Prophezeiung ist unsere letzte Hoffnung ..." Einige Männer in der Taverne sahen ihn seltsam an, sagten jedoch nichts. Auf einmal, ohne Vorwarnung, wurde die Tür aufgeschlagen und herein kamen ein Trupp Soldaten und der General des neuen Kaisers Monrush. „Sie sind im Namen des Kaisers festgenommen. Jegliche Fluchtversuche sind zwecklos", sagte der General kalt. Wild entschlossen stand Athur auf und spuckte ihm ins Gesicht: „Ihr werdet nie etwas aus mir herausquetschen können, egal was ihr euch einfallen lasst." – „Das wollen wir einmal sehen … Erstmal muss ich Euch den neuen Kaiser vorstellen. Er ist sehr erpicht euch höchstpersönlich kennenzulernen", erwiderte der General boshaft und zog Athur van Dorrian aus der Taverne hinaus in die kalte, stille Nacht.

Lichter

Weit, weit weg von all dem, mitten im tiefen östlichen Wald, spielte ein kleines Mädchen von höchstens fünf Jahren mit Steinen. Das Gras auf der kleinen Lichtung wiegte sich sanft um sie herum und die Vögel zwitscherten umso lauter, wenn sie ihr leises unschuldiges Lachen hörten. Sie legte ihren kleinen Kopf schräg und sprang auf. Ihr vor Dreck starrendes rotes Kleid wirbelte durch die Luft, doch das Mädchen kümmerte sich nicht um ihr Aussehen. Sie kümmerte sich viel mehr um das leise Flüstern, das sie durch das Fenster der alten Mühle versuchte zu hören. Langsam schlich sie näher um etwas von dem Gespräch mitzubekommen. Ihre kleinen Füße glitten nahezu lautlos über den dunklen Waldboden. Plötzlich blieb sie stehen und quietschte vor Schreck auf, als vor ihr auf einmal ein kleines Lichtlein aufblinkte. Als sie sich von dem Schreck erholt hatte, fing sie an zu lachen, als sie sah, wie dieser Funke Licht um sie herumtanzte. Kichernd folgte sie ihm, als sie sah, dass er aus der Lichtung zuckte. Sie hatte schon wieder ihre Neugierde am Gespräch ihrer Eltern verloren. In der halbverrotteten Mühle saßen sie auf zwei alten, klapprigen Stühlen. „Glaubst du wirklich, dass sie uns hier nicht finden werden?", flüsterte die blonde junge Frau aufgeregt. Ihr zerzauster Mann erwiderte ernst und traurig: „Wir dürfen uns nichts vormachen. Wenn sie uns finden, werden sie dich und Isabel in ein Arbeitslager schicken und mich werden sie als Soldaten für den Krieg einziehen. Die Schergen des Monrush sind hinter uns her, Anathiel, und sie wollen jeden einzelnen kampftauglichen Mann haben. Sag mal, wo ist Isabel eigentlich?" Plötzlich panisch rannten die beiden nach draußen. Stolpernd blieben sie wieder stehen. Von ihrer Tochter fehlte jede Spur. Ein Knacksen ertönte. Auf einmal hatte Anathiels Mann Stephan ein Messer an der Kehle: „Keine Bewegung, oder ich steche zu!", ertönte eine leise Stimme an seinem rechten Ohr. Anathiel schrie entsetzt auf. Fünf dunkel gekleidete Männer traten aus den Büschen und fesselten Anathiel und Stephan gewaltsam. Stephan wand sich verzweifelt und versuchte, sich von dem Knebel zu befreien, doch es war zwecklos. Man trug ihn und seine Frau auf zwei Pferde. „Zündet diese Scheune an, man wird sie nicht mehr brauchen", rief der erste Mann böse. Die Männer johlten vergnügt, sprangen auf ihre Pferde und schnappten sich Fackeln. Eine einsamer Träne rann über Anathiels hübsches Gesicht, als sie das Gebäude brennen sah. Die ganze Prozession verschwand nun ebenso schnell, wie sie gekommen war. Plötzlich tauchte hinter einem Baum das kleine Mädchen auf. Sie schwankte auf einen großen moosbewachsenen Felsen zu und setzte sich darauf. Ihre zarten grünen Augen hatten für ihr Alter schon viel zu viel gesehen. Sie verstand nicht, warum man so erpicht darauf war, ihre Eltern mitzunehmen. Auf einmal spürte sie einen Windhauch, der immer stärker zu werden schien. Das Mädchen fing an zu weinen und rollte sich zu einer Kugel zusammen. Ein mächtiger Schatten streifte sie und wurde immer größer. Neben dem rußgeschwärzten Haus landete ein großes ehrfurchtgebietendes Geschöpf. Herunter stieg ein junger Mann in einer prächtigen Rüstung und mit einem riesigen Schwert. Er sah sich um und wurde gleich ein paar Zentimeter kleiner. „Oh, nein! Was wird denn nur der Meister sagen? Mein erster Auftrag und ich musste es versauen." Der Mann vergrub sein Gesicht in seinen staubigen Hände. Plötzlich hörte er das Schluchzen eines kleinen Kindes. Er horchte auf. Vielleicht gab es ja doch Überlebende? Seine Stimme klang laut und kräftig, als sie durch die Bäume schallte: „Hallo, kann mich jemand hören? Bitte, ich will Dir nichts tun." Er schaute sich gründlich um, bis er das kleine Mädchen weinend auf dem Felsen sah. Vorsichtig näherte er sich und setzte sich neben sie. Die Kleine hörte auf zu weinen und schaute ängstlich zu ihm hoch. „Was wollt Ihr?", fragte sie mit einer leisen, piepsigen Stimme misstrauisch. Er antwortete ihr sanft: „Keine Angst, ich will dir nichts tun. Wie ist dein Name?" – „Ich heiße Isabel. Weißt du, wo meine Mama hin ist?", fragte das kleine Mädchen. „Ich weiß es nicht", sagte der Mann wahrheitsgetreu. „Ich bin Raphael. Drachenzähmer bin ich gerade erst geworden." Raphael deutete auf seinen Drachen. Der junge Mann zog seinen Mantel aus und wickelte ihn um Isabel. Er trug sie zu seinem schuppigen Gefährten. Dieser schaute aufmerksam zu ihm und fing dann an, mit einer weiblichen Stimme zu sprechen: „Wen hast du denn hier gefunden? Ein Kind? An diesem schrecklichen Ort? Das arme Mädchen. Und schau doch, wie sie zittert. Wir müssen sie schleunigst in unser Dorf bringen!" Energisch schlug die Drachendame mit den Flügeln. „Ist ja gut, Chocaja. Dies ist Isabel. Ich lege sie erstmal vorsichtig in deinen Nacken, in Ordnung?" Raphael sah sie fragend an. Sie zuckte mit den Flügeln und kauerte sich hin. Raphael legte das Mädchen vorsichtig auf Chocaja und stieg dann selber auf. Mit einem mächtigen Satz sprang der vier Meter große grüne Drache in die rauchige Luft. Am strahlend rotblauen Himmel über dem östlichen Wald hielt Raphael sein Gesicht in die letzten wärmenden Strahlen der dunkelroten untergehenden Sonne. Er wandte seinen Blick nachdenklich in Richtung Abendstern. „Warum war es dem Meister so wichtig, dass ich gerade diese Familie rette? Zu diesen Zeiten gibt es doch so viele andere Menschen, die Hilfe benötigen", sagte er. Chocaja glitt tiefer über die großen Bäume und genoss das letzte Zwitschern der kleinen Tagvögel. Sie schüttelte sich und antwortete ihm langsam: „Weißt du, die Wege unseres Meisters sind unergründlich und selbst wenn wir sie verstehen wollten, wir würden es nicht schaffen. Mir macht eher der neue Kaiser Sorgen. Wir wissen gar nichts über ihn. Die letzte Meisterschule liegt zwar gut versteckt, aber es ist trotzdem nur eine Frage der Zeit, bis er uns finden wird." So schwiegen Raphael und sein Drache lange. Jeder dachte über die unzähligen Gewalttaten des neuen Monarchen, unter anderem die Auslöschung der Lehrdörfer, in denen Menschen mit magischen Veranlagungen gelehrt wurde, wie man diese kontrollieren konnte, nach. In der frühen Morgendämmerung brach Chocaja das Schweigen: „Wir müssen bald landen. Ich bin sehr erschöpft. Außerdem brauchen wir Nahrung, vor allem für dieses arme Ding da!", sagte sie. Raphael nickte und schaute auf das schlafende Kind. Chocaja flog tiefer und tiefer in den Höhlen am Waldrand. Sie landete so sanft und leise wie möglich. Trotzdem wirbelten die Blätter durch die Luft und raschelten laut. Raphael stieg ab und bewegte seine steifen Glieder. „Ich werde jetzt die Geister des Waldes um Erlaubnis bitten, hier zu übernachten. Danach werde ich nach Lori gehen und uns etwas zu essen holen", sagte er leise. Chocaja nickte träge. Im nächsten Moment war sie eingeschlafen.

Chocaja erwachte aus ihrem tiefen, todesähnlichen Schlaf. Sie war sehr erschöpft von ihrem langen Flug in der Nacht. Die Drachendame stand auf und streckte ihre steifen Glieder. Vorsichtig schüttelte sie noch ein paar kleine Blätter aus ihrem grünen Schuppenkleid, bevor sie aus der tiefen Höhle trat und ihre Pfoten sanft in den schwarzen Erdboden setzte. Zu ihrer einen Seite sah man eine große, grasbewachsene Steppe, die sich leer und einsam bis zum Horizont ausbreitete. Am Himmel waren schon schwach die schneebedeckten Gipfel des unpassierbaren Gebirges zu sehen. Chocaja aber wandte sich um und betrat den östlichen Wald, einen Dschungel aus Gehölz. Seine Bäume ragten bis zu 400 Meter in die Höhe. Kein Mensch wagte es, hier zu leben. Die Waldgeister bevölkerten den Wald schon seit Jahrtausenden. Niemand wagte sich hier hinein ohne sie um Erlaubnis zu bitten. Immer tiefer ging Chocaja in die grüne Hölle. Um sie herum tanzten Lichter von allen möglichen Tieren und Pflanzen. Alles war in ein dunkles grünes Licht gehüllt. Zielstrebend lief Chocaja immer schneller, um die dicken Stämme herum und über die klobigen schwarzen Felsen, durch die kleinen Bäche und hohen Farne. Die kleinen Lichtlein, am Anfang noch so wenige, waren nun so zahlreich, dass sie wie ein Fluss aussahen, der sich um Bäume wand. Chocaja folgte ihm. Immer wieder sah sie sich um. Plötzlich blieb sie vor einer mächtigen Eiche stehen. In ihrer Mitte klaffte ein riesiges Loch, das mit einem silbernen, glitzernden Schein überzogen war. Der goldene Fluss aus Lichtern floss anmutig in den uralten Baum hinein. Chocaja drehte sich noch einmal um, bevor sie sich sicher war, das ihr niemand gefolgt war. Dann verbeugte sie sich langsam. Einer der vielen Funken löste sich leicht aus dem Strom und glitt dann langsam auf die Drachendame zu. Schwebend blieb es schließlich vor Chocajas geneigter Stirn stehen. Plötzlich fing es an zu pulsieren. Immer stärker und größer wurde das goldene Licht, bevor es in einer gleißenden Nova explodierte und Chocaja mit einhüllte. Der grüne Drache war nun vollständig in dem Licht verschwunden. Der wabernde Strahl schoss noch einmal in die Höhe, bevor er langsam, aber endgültig, wieder zu dem kleinen Funken erlosch und davon stob. Chocaja verließ ihre kniende Position und richtete sich in voller Größe auf. Ihre dunkelgrünen Schuppen waren in den selben silbernen Schein gehüllt, mit dem auch das große Loch überzogen war. Er breitete sich von ihrer gezackten Schwanzspitze bis zu ihren zwei gebogenen Hörnern und den dampfenden Nasenlöchern aus. Chocajas schwarze Augen funkelten entschlossen. Vorsichtig trat sie auf den dicken Stamm der großen Eiche zu. Langsam streckte sie ihre Pfote in das glitzernde, schemenhafte Licht in dem riesigen Loch. Überrascht zog sie sie wieder zurück. Es hatte sich angenehm warm angefühlt. Nun noch entschlossener trat sie wieder auf den mächtigen Baum zu und ging dann ohne zu zögern hindurch. Der goldene Fluss schlang sich um sie herum und verschluckte sie ganz.

Raphaels blondes Haar wehte sanft in der schwachen Brise des heißen Steppenwindes. Er stand auf einem sandigen Weg, der sich zu einem kleinen Dorf schlängelte, an dessen Eingang das einfach geschnitzte Bretterschild mit der Aufschrift „Lori" prangte. Die Sonne brannte stark auf das träge Dörflein. Es lag günstig an einem großen Fluss. Raphael blickte sehnsüchtig auf das schimmernde Wasser und leckte sich die aufgesprungenen Lippen. Trotz der Hitze hatte der Drachenzähmer einen schwarzen, langen Umhang an. Er wischte sich noch einmal mit seiner gebräunten Hand über die vor Schweiß glänzende Stirn und seufzte. Raphaels strahlend blaue Augen wanderten zum Himmel und folgten den Kreisen eines jagenden Raubvogels. Ein Symbol der Freiheit und der Macht! Das konnte nur ein gutes Zeichen sein! Entschlossen setzte er sich seine große Kapuze auf und senkte den Blick. Vor einigen Jahren war dieses Dorf seine Heimat gewesen, als es noch grün und lebhaft war. Die heißen Sommer setzten dem Ort jedoch merklich zu. Unter Raphaels Füßen knirschte der hartgebackene Weg leise. Schritt um Schritt näherte er sich seinem Ziel. Er blickte kurz zur Seite und blieb verträumt stehen. Vor zehn Jahren stand hier noch ein alter Brunnen und dort eine rauchende Schmiede, in der er als Junge oft ausgeholfen hatte. Dies alles war einer großen, lärmenden Kaserne des Kaisers gewichen. „He du da. Komm mal kurz her, du kleiner sonnenverbrannter Milchbart." Raphael schreckte hoch. Panisch schaute er sich um. Ein paar schwarze Soldaten des Kaisers, sogenannte Schergen, saßen auf der Treppe der Kaserne und lachten höhnisch. Zitternden Schrittes ging er weiter. Mit einer unscheinbaren Bewegung tastete der Drachenzähmer nach seinem vom Umhang verdeckten Schwert. Die lauter werdende lallende Stimme des vermummten Mannes dröhnte erneut zu Raphael hinüber. „Wirst du wohl stehen bleiben, du weißer Bastard. Muss ich dir erst eine Lektion erteilen, bevor du deinen verwöhnten Hintern hierher schwingst. So wie du aussiehst, hat dir deine Mama eine Menge Kohle mitgegeben!" Vorsichtig setzte Raphael einen Schritt nach dem nächsten. Äußerlich ließ er sich nichts anmerken, doch innerlich kochte er vor Wut. Der große schwarze Soldat stand auf, fauchte, zeigte seine goldenen Zähne und nahm eine Drohhaltung an. Raphael blieb augenblicklich stehen. Der schwarze Mantel wallte um seine

Beine. Er schloss die Augen und spürte das Schwert schwer in seiner Hand. Der Söldner war schon sehr nah. Der junge Drachenzähmer zögerte keine weitere Sekunde länger. Er holte Luft, ließ seine Drachenkraft in das schimmernde Langschwert und holte aus. Seine Gesten glitten ineinander zu einer anmutigen, fließenden Bewegung. „Lasst mich in Ruhe", zischte Raphael leise aus seiner Kapuze. Sein Schwert war an den Hals des Schergen gelegt. Angstvoll schielte dieser hinunter und nickte zitternd. Zufrieden steckte Raphael seine silberne Klinge mit einem lauten Klirren weg. Schnell lief er die Gasse hinunter. Der Vorsprung müsste reichen, dachte er. Die Schergen würden allerdings schon sehr bald anfangen zu suchen. Rasch kletterte er die steile Mauer eines Hauses hoch. Fluchend verletzte er sich an einem scharfen Stein. Sein Bein rutschte ab. An einem Arm hielt er sich noch fest. Sein Blick wanderte unweigerlich nach unten und er biss sich hart auf die Lippe, um nicht losschreien zu müssen. Sein Blick verschwamm, als er die schwindelerregende Höhe sah. Unter ihm lief ein Trupp Soldaten entlang. Er schloss die Augen. Aus seiner langen Wunde am Arm tropfte das Blut. Ein Tropfen, zwei Tropfen. Jede der kleinen Blutperlen fiel in die erschreckende Tiefe. Unten am Boden verschlang der staubige Boden gierig die Tropfen. Die Söldner kamen näher. Raphael fing an zu schwitzen und zitterte vor Aufregung. Langsam rutschte er ab. Unten waren die Soldaten nun an der Stelle, wo das Blut hinfiel und – liefen vorbei. Erleichtert sah er zu, wie die Männer sich entfernten. In dem Moment beugte sich die Magd des Hauses aus dem Fenster, gedankenverloren ein kleines Lied pfeifend. Sie schüttelte das Kopfkissen ihres Herrn aus. Raphael wagte einen Blick zur Seite. Die Soldaten waren immer noch nicht ganz weg. Plötzlich sah er, wie in Zeitlupe ein besonders dicker Tropfen Blut von seinem Schnitt abperlte. Langsam sah er ihn fallen, direkt auf die Magd zu. Raphael erstarrte vor Schreck. Die junge Frau beäugte den Tropfen, drehte sich blitzschnell um und sah ihm mitten ins Gesicht. Sie schaute ihn herausfordernd an. Für einen Moment vergaß er, dass er noch immer an der Wand hing. Schnell fasste er sich und sah das Mädchen dankbar an. Ihre Miene wurde ausdruckslos und sie verschwand schnell im Haus. Erschöpft wandte sich der Drachenzähmer wieder der Mauer zu. Er nahm seine letzten Kraftreserven zusammen und machte sich an den anstrengenden Aufstieg. Am Ende bekam er nicht mehr den Unterschied zwischen Himmel und Erde mit. Er merkte nur noch, dass es irgendwann aufhörte und er in den heißen Sand des Daches sank. Eine tiefe schwarze Leere hüllte sich um ihn wie ein dunkles Tuch und er fiel in die Abgründe seines Bewusstseins.

Chocaja streckte sich. Ihre im grellen Sonnenlicht schillernden Schuppen schmiegten sich eng an ihren schlanken Körper. Hohes Gras wiegte sich sanft um ihre Pfoten. „Was führt euch zu uns, Drachenmutter? Seit einigen Jahrhunderten bevorzugt Eure Sippe es ja, mit den Menschen zu fliegen, anstatt frei über die Lande zu ziehen", rief eine junge Stimme es aus den hohen Bäumen am Waldrand. Chocaja senkte ihren mit Zacken geschmückten Kopf tief. „Was mich in das Königreich Cyrie führt", sagte sie, „ist ein kleines Mädchen. Ich habe ihrer Spur bis hierher folgen können. Sie ist wohl einem Licht gefolgt." Lautes Rascheln ertönte. Ein paar Blätter fielen. Ein leiser Knall war zu hören und Chocaja schrak zurück. Vor ihr befand sich eines der erstaunlichsten Wesen der gesamten Inselwelt. Es hatte einen kleinen, stämmigen Körper, einen kämpferischen Gesichtsausdruck und zwei dünne, transparente Flügel, mit denen es sich gegen die Naturgesetze in der Luft hielt. Es war von den Flügelspitzen bis zu den Zehen nicht viel größer als Chocajas Vorderpfote. Es war ein Hobbit, ein Bewohner der Traumwelt Cyrie. Der Hobbit flog um den Drachen herum und musterte jede einzelne Schuppe mit zusammengekniffenen Augen. Das geflügelte Wesen hatte hellblonde Haare und große goldene Augen. Misstrauisch schaute er zu Chocaja hoch. „Was wollt Ihr von dem Menschenmädchen?" Sanft beugte sich Chocaja und sah dem kleinen Kerl direkt in die Augen: „Das Königreich der Inseln ist in Gefahr. Irgendetwas sagt mir, dass es noch eine wichtige Rolle in diesem Spiel zu spielen hat. Ich weiß, dass ihr keine Menschen zurück in ihre Welt kehren lasst, aber nach dem, was die Prophezeiung sagt ..." Sie stockte. Ein greller Schrei in ihren Ohren ließ sie zusammenfahren. „Raphael!", flüsterte sie. Schnell wandte sie sich zu dem Hobbit um und sagte eindringlich: „Mein Freund ist in Gefahr, er braucht meine Hilfe. Bitte lasst mich das Mädchen nehmen und in die wirkliche Welt zurückkehren." Unruhig

schaute sie sich um. Der Hobbit wiegte nachdenklich seinen Kopf hin und her. Er würde gewaltigen Ärger bekommen, wenn das herauskäme. „Na gut, ich mach es, aber nur unter einer Bedingung: Das Mädchen kehrt jede Nacht, wenn es schläft, zur Traumwelt zurück. So sind meine Frau und ich sicher, dass es ihr gut geht." Der kleine Mann wandte sich zu den Büschen um und rief laut: „Gina, komm mal kurz, hier ist Besuch. Bring das Mächen mit." Es tat sich nichts. Kein Rascheln, kein Knacksen der Zweige in den Bäumen. Chocaja hätte am liebsten vor Ungeduld laut losgebrüllt. Plötzlich tat sich etwas. Beinahe ohne Geräusche wurden Blätter zur Seite geschoben und heraus schaute ein zweiter Hobbit, Gina, die Frau des Hobbits, mit dem Chocaja gesprochen hatte. Nachdem sie sich umgesehen hatte, kam sie ganz aus den Büschen. Die Hobbitfrau war zierlicher als ihr Ehemann. Glatte Haare schmiegten sich um ihren Kopf, als sie unerschrocken auf den großen Drachen zuflog. Auch Gina hatte große goldene Augen. Streng musterte sie Chocaja vom Kopf bis zur Schwanzspitze. Dann stieß sie einen schrillen Pfiff aus und zwischen den Bäumen trat Isabel hervor. Als das Mädchen den Drachen sah, rannte sie freudig zu Chocaja hin. „Klettere schnell zu mir hoch, wir haben nicht viel Zeit!", rief diese ihr zu. Isabel tat, was die grüne Echse wollte und winkte den Hobbits zu. Das rote Kleid des Mädchens war gewaschen worden und auch etwas zu Essen hatte sie bekommen. Hobbits waren sehr gastfreundlich, doch wenn sich ein Mensch hierher verirrte, ließen sie ihn nur in den seltensten Fällen auch wieder gehen, denn das Risiko war groß, dass er verriet, was er hier gesehen hatte. Dankbar nickte Chocaja ihnen zu. Dann sprang sie in die Luft und flog in direkter Linie auf die Sonne zu.
Gina fing an zu schluchzen. „Wenn sie das ist, was wir denken, haben wir das Richtige getan, oder?", fragte sie zitternd. Ihr Mann legte seinen Arm um sie und nickte: „Ein neues Zeitalter beginnt."

Sterne tanzten vor Raphaels Augen, als er sich aufrichtete. „Oh, bei den alten Göttern, mein Kopf!", stöhnte er leise. Er befand sich auf dem staubigen Dach eines Hauses. Alles drehte sich. Seine Augen wanderten zum Himmel. Die Sonne stand schon hoch am blauen Horizont und es würden ihm sicher nur noch ein paar Stunden bis zu ihrem Untergang bleiben. Langsam stand er auf und blickte auf seine blutigen Hände. Darum würde er sich später kümmern müssen. Der junge Drachenreiter ließ kurz die Schultern kreisen und wiegte seinen Kopf hin und her, ohne auf den stechenden Schmerz zu achten. Dann schloss er die Augen und wurde ganz still. Plötzlich verließ ihn die Starre und er schaute entschlossen auf den Rand des Daches.

Raphael rannte los. Er ließ seine Kraft durch seinen Körper strömen und seine Seele wurde zum Geparden der weiten Felder, zur Gazelle in der Savanne, zum Mustang in der unendlichen Prärie. Er wurde schneller, immer schneller. Er flog über die Dächer und rannte in irrwitziger Geschwindigkeit zu einem bestimmten Haus, an dessen klapprigem Schild die eindrucksvollen Worte „MÜLLERS Bäckereiladen" standen. Raphael setzte zu einem Sprung an und landete sanft vor der alten Tür. Nur noch schnell etwas zu essen holen und dann zum Meisterdorf, dachte er und atmete tief durch. Schnell rückte Raphael seinen Mantel zurecht, setzte die Kapuze auf und trat ein.

Der Bäcker stand schon an der Theke und betrachtete ihn misstrauisch. Raphael lächelte. Der Mann sah immer noch aus wie früher. Der Bäcker hatte einen schwarzen Schnurrbart und die Figur eines Bären. „Was wünscht Ihr?", fragte er vorsichtig, reckte seinen Kopf und versuchte verzweifelt, unter Raphaels Kopfbedeckung zu schielen. Immer noch derselbe, dachte dieser und schüttelte den Kopf. Vorsichtig schob er seine Kapuze nach hinten, grinste den Bäcker breit an und flüsterte: „Ich bin es, Raphael. Erinnerst du dich noch, Ernie?" Der Bäcker schaute ihn verwirrt an. „Seit fünfzehn Jahren hat mich niemand mehr Ernie genannt ... Oh mein Gott, Raphael! Was zum Kuckuck ...? Wie ...?", setzte Ernie an, wurde aber sofort wieder von Raphael unterbrochen, der sich hastig zu dem betagten Mann herüberlehnte und zischte: „Ich habe nicht viel Zeit, um dir Genaueres zu erzählen, denn Schergen sind hinter mir her. Ich brauche etwas zu essen und Neuigkeiten. Wirst du mir helfen?" Mit aufgerissenen Augen starrte Ernie ihn an. Dann stolperte er zu den Fenstern und zog die alten Gardinen zu. Zitternd zündete er eine Kerze an und packte hastig ein paar kleine Brötchen in eine Papiertüte. „Du solltest nicht hier sein, du bringst dich und mich nur in Gefahr. Ich helfe dir nur, weil ich deine Mutter mochte ... die heiligen Götter seien ihrer Seele gnädig", stieß Ernie heftig aus und schaute Raphael scharf in die Augen. Dieser senkte traurig seinen Blick und fragte: „Was ist mit den Schergen? Seit wann sind sie hier?"

„Ich weiß nichts!" – „Bitte, Ernando, lass mich nicht im Stich, nur noch dieses Mal ..."

Der Bäcker seufzte und drückte dem jungen Mann die Tüte in die Hand. „Du musst so schnell wie möglich von hier fort! Die Soldaten des Kaisers plündern die Städte, morden und bringen Unschuldige ins Gefängnis. Zudem holen sie so gut wie jeden Mann in ihre Armee. Der Kaiser hat etwas vor, auf den Straßen munkelt man etwas über ein neues Zeitalter. Mehr weiß ich wirklich nicht", flüsterte Ernando ängstlich. Verständnisvoll nickte Raphael. Ein scharfes Klopfen unterbrach die beiden und ließ den Bäcker auffahren. Panisch schaute er sich um und zog den Drachenzähmer hinter die Ladentheke. „Auf Befehl des Stadtrates wird die Stadt nach einem Mörder durchsucht. Öffnen Sie die Tür!", ertönte eine laute Stimme von draußen. Der dicke Bäcker stieß Raphael in den Gang zur Hintertür. „Geh und komm nie wieder! Na los!", zischte Ernando heftig. Raphael nickte. Dann drehte er sich um und rannte los. Als er durch die Tür sprang, hörte er im Hintergrund die Stimmen der Soldaten und von Ernando, doch unglücklicherweise stolperte der Drachenzähmer in dem Moment, als er sich noch einmal umdrehte. Unsanft fiel er den kleinen Hang hinter Ernies Laden hinunter und landete im dornigen Steppengebüsch. Regungslos verharrte er an dieser Stelle. Raphael verzog das Gesicht. Es gibt nichts angenehmeres als Stacheln im Hintern, dachte er sarkastisch. „He, Leute, hier drüben könnte was sein. Eine offene Tür bei so einer Hitze wäre ja glatter Selbstmord", rief einer der Soldaten und trat an die Tür. Raphael hielt den Atem an. Noch einen Kampf heute sollte er sich besser nicht leisten. „Ach, hier ist doch nichts. Die Schergen übertreiben doch immer. Lass uns lieber gehen, ich habe besseres zu tun", sagte ein zweiter Soldat und lugte über die Schulter des ersten Mannes. Dieser seufzte, drehte sich um und schloss die Tür.

Raphael richtete sich mit einem vor Schmerz verzogenen Gesicht auf und zupfte sich ein paar Stacheln aus dem Arm. Dann ging er langsam auf den Waldrand zu.

„He, die waren doch nett, oder?", fragte Isabel fröhlich und sprang von Chocajas Rücken herunter. Grummelnd streckte sich der große Drache in der Höhle und knurrte: „Die hätten dich fast in ihrer Welt festgehalten. Du bist nur davongekommen, weil die Hobbits ‚nett' waren. Was zum Kuckuck hattest du dort zu suchen? Es ist sehr gefährlich." Isabel setzte sich auf einen großen Stein und schaute in das schlecht gelaunte Drachengesicht. „Da waren Lichter. Ganz viele. Du hast ja geschlafen und ich wollte nachschauen, wo sie hinfliegen." – „Das nächste Mal sagst du mir Bescheid, dann haben wir nicht solche Probleme, wie in andere Welten zu fliegen und Hobbits zu überzeugen." Das kleine Mädchen nickte. Die Zeit verstrich und Chocaja wurde müde. Sie rollte sich zusammen und legte ihren Kopf auf den Schwanz. Ihre schweren Augen fielen zu und der Drache sank in einen traumlosen Dämmerzustand. „He, äh, Chocaja? Ich habe was gehört. Da kommt jemand. Ich glaube, es ist Raphael. Oder auch nicht. Könnte eigentlich jeder sein. He Chocaja, nicht wieder einschlafen." Die Drachendame öffnete missmutig die Augen und schaute verschlafen auf Isabel, die vorsichtig an Chocajas Hörnern zog. Seufzend richtete sich der große Drache auf und spitzte die Ohren. Ganz schwach hörte sie die Schritte eines Menschen, der sich rasch der Höhle näherte. Überrascht schaute Chocaja auf das Mädchen hinunter, das erwartungsvoll hochsah. Die Schritte wurden lauter und ein völlig verschwitzter und stark mitgenommener Raphael torkelte herein. Er lächelte Isabel zu und hob sie auf den Drachen. Chocaja schaute ihn fragend an, doch der junge Mann winkte ab. „Ich möchte einfach nur noch in unser Dorf im Gebirge zurück. Meine Geschichte werde ich euch später erzählen. Lass uns endlich losfliegen ..." Der weibliche Drache nickte und schob ihn vorsichtig mit ihrer weichen Schnauze in den Sattel. „Ruh du dich erstmal aus. Du siehst aus, als bräuchtest du jede Menge Schlaf!", riet sie ihm und stand auf. Chocaja schritt langsam aus der Höhle. Sie hielt ihren Kopf genüsslich in die Sonne. Dann sprang sie in die Luft und verschwand am Horizont ...

C. H.

Aus einem anderen Kampf um Rom

Am Campus Neronis, nahe des vatikanischen Hügels und nicht ganz eine Meile von Rom entfernt, hatte Totila sein Lager aufgeschlagen, da die Goten bereits am Morgen des Tages nach Art ihres Volkes zugleich waffenstarrend und mit nackter Brust vor die Mauern getreten waren, um die Verteidiger der Stadt zu Zweikämpfen herauszufordern. Belisar aber ließ weder die fremden Söldner noch seine Doryphoren oder Hypaspisten sich in einen solchen Kampf verwickeln, der seiner Seite nur hätte Schaden bringen können und zugleich den Vorteil der befestigten Lage ins Gegenteil verkehrt, da er sich wohl bewusst war, dass Totila, Feldherr der Goten und schönster Mann Italiens, sich diese Gelegenheit nicht würde entgehen lassen, zumal ihm Verstärkungen von König Wittigis zugesichert worden waren, von denen dieser hoffte, dass sie bald eintreffen würden, Belisar aber das Gegenteil. Also betrachtete er vom Mausoleum Hadrians aus die Vorgänge im Lager der Goten. Der gewaltige marmorne Tholos des Baus überragte den Tiber, der gleich ihm von Flechten und schlierenden Algen bedeckt war, die dergestalt das Weiß des Marmors trübten, dass sich ein fahler grauer Schimmer auf die halb vom Regen zersetzten Steine legte, aus denen auch die Bögen des nahen Pons Aelius gezogen waren, der sich weit ausladend über den schwarzen Tiber spannte. Belisar hatte sich, sein Hauptquartier auf dem das Marsfeld überschauenden Mons Pincius verlassend, auf der Moles Hadriani positioniert, da er von ihr aus das einzige gotische Lager westlich des Flusses zu überblicken vermochte. Die sechs übrigen umkreisten den riesigen Ring der Aurelianischen Mauer, sich stets an den Toren orientierend, in ungleichem Abstand, so dass eines an der Porta Flaminia, der Via Nomentana zur Porta Salaria, nahe der Via Tiburtina und eines nahe des zugehörigen Tores aufgerichtet war, Roms Südseite aber sowohl diesseits- als auch jenseits des Flusses unbedeckt blieb. Einzig von jener Seite drang nicht der Lärm des zügellosen gotischen Lagerlebens in die Stadt herüber, der dumpfe Gesang aus unverständlichen Worten, das Klirren der Waffen, das Kreischen der sich den Goten halb zum Verrat der Römer, halb aus der Unkenntnis, dass es noch Römer gab, häufig beilegenden Italikerinnen. Aus jenem verschonten Teil der Stadt nun begab sich Johannes, zur Unterscheidung von dem Kappadokier, dem Lyder und vielen anderen seines Namens „der Syrer" genannt, zu Belisar. Sein Blick wandte sich erst auf das langsam versumpfende Rom, in dessen Plätzen man seit langer Zeit der drängenden Hungersnot wegen Getreide ausgebracht hatte, das nun zwischen den verfallenden Säulen und düsteren Tempeln aufwuchs, hinüber zur Ebene, da sich das Lager des Totila weithin erstreckte. Auch er war aus diesem Lagerleben hervorgegangen, keinem gotischen, sondern einem syrischen, aber die Begebenheiten eines solchen Lagers und überhaupt aller Söldner waren zu gleich, als dass er sie nicht wiedererkannt hätte. Langsam trat er, der seiner Herkunft gemäß Halbschuhe nach arabischer Art trug, auf das offene Dach das Baus, da sich gerade der Stab Belisars nach entschlussloser Planung verstreut und in verschiedene Gruppen gespalten hatte. Dies gab ihm Gelegenheit, den Menschen, der in seinem Lager geliebt, in dem seiner Feinde gehasst, in beiden aber berühmt war, aus großer Nähe zu betrachten, da er sich gerade auf den Rand der Mauer stützend in Gedanken über den nächsten Schritt verloren hatte, den er auf dem großen Brettspiel, das sein Geist ihm vorzeichnete, zu tun gedachte. Doch trotz der Anspannung, die ihn im Inneren bewegte, war äußerlich kein Beben, keine Spur der Aufgeregtheit an ihm zu bemerken, da er in allem fast den grauen Wolken glich, die sich jetzt trübe an den Himmel Latiums schoben. Und in der Tat schien jenem Syrer der große Feldherr wirklich fast wie eine Wolke und selbst sein Haar, zumindest wenn man es mit Abstand sah, schien fast wie eine dichte schwarze Wolke, doch völlig leicht auf seinem Scheitel aufzuliegen, wobei nur kleine graue Strähnen, als wären sie aus Eis, durch diese Wolke zuckten. Und in der gleichen Farbe seines Haares stachen dicht die Augenbrauen unter ihnen vor, ganz so wie man sie damals Heiligen auf den Ikonen anzumalen pflegte, ein wenig wie ein Komma, doch nach einer Seite etwas mehr nach außen schweifend, dafür dann nach der anderen weniger. Und ebenso wie diese Brauen nach Ikonenart war auch der Blick in seinen Augen, der nicht mehr ganz in dieser Welt zu sein schien und mehr, als ob er sich schon vorbereitete, demnächst in eine bessere Welt zu gehen. Und so erschien Johannes selbst deren Farbe der Art von Gold sehr ähnlich, die man zum Hintergrund auf den

Ikonen mischte. Und ebenso geformt, als hätte sie ein Pinselstrich gesetzt, erschien auch seine Nase, die nicht so wie die der meisten Griechen oder Thraker gebogen und zu einem schmalen Grat verzerrt war, sondern schlank und eben und sich nach oben hin nur leicht verjüngte. Und schließlich setzte weiter unten auch sein Bart die gerade Linie fort, der ebenmäßig beiderseits über den Lippen in voller Schwärze lag und ebenso sein Gegenstück, dass unter seinen Lippen sich verbreiterte. Fast hellgrau war jedoch sein Backenbart, der sich nur an dem letzten Rand der Wangen und auch am Kinn noch etwas von dem Schwarz erhalten hatte, das einmal seinen ganzen Bart umschlossen haben musste. Also stand Belisar dem Syrer Johannes lange zur Betrachtung bereit, zumindest bis er sich bewegte, da er den Gast bemerkt hatte und damit seine Chlamys von der einen Seite fiel, die bisher auf dem Arm geruht hatte, nun aber nur noch durch die Nadel an der rechten Schulter gehalten wurde und also seinen Brustpanzer entblößte, der beckenförmig den ungebrochen starken Leib umfasste. Der große Thraker war nun schon über vierzig Jahre alt, doch konnte ihn im besten Fall der Kaiser, der fünfzehn Jahre älter war, bezüglich seiner Haltung übertreffen, da dieser noch immer keine dreißig Jahre alt zu sein schien. Der Syrer hatte seltener als Belisar Gelegenheit, um den Kaiser persönlich zu sehen, doch war er überzeugt, dass es in einer guten Zeit gewesen war, als beide, die nun von Heer und Volk in gleichem Maße hochgeschätzt und sehr bewundert wurden, das Licht der Welt erblickten. Es musste überhaupt in jener Zeit die Art der Menschen nicht so klein wie jene, die er in seinen Tagen sah, gewesen sein, da doch auch Antonina, die Ehefrau des Belisar, trotz ihrer fortgeschrittenen Jahre ungebrochen schön und Theodora, so ungern er das zugab, noch immer, nicht die schönste, doch zweifellos die reizendste der Frauen am Hof des Kaisers war. Nun hatte sich Belisar ihm zugewandt und der Syrer verneigte sich vor ihm, bevor er grüßte. „Chaire." – „Salve." Es war Belisar eigen, dass er mit einem gewissen tiefen Grundton in der Stimme sprach, der immer mitschwang, ob er nun die Reden lauter oder leiser führte und der ihm eine große Ruhe gab, der seine Milde, die für ihn überhaupt bezeichnend war, umso mehr unterstrich. Als Johannes nun diesen Mann seinen lateinischen Gruß sprechen hörte, schien er mehr als ein Priester, der die

Gemeinde segnet, denn als ein Feldherr, der die kühnsten der Barbaren durch Furcht vor sich in jede Schlacht zu schicken fähig war. Überhaupt konnte er erst in jenem Moment vor dem Hintergrund der grauen Wolkendecke sehen, warum die alten Söldner, die bereits in Africa an seiner Seite mit ihm gekämpft und immer siegreich hervorgegangen waren, ihn „Wolkenvater" nannten. Denn wie die weißen Wolken schien er völlig milde und harmlos, wenn der Donner aber grollte, dann schleuderte er Blitze und es hatte schon viele, die sich dessen nicht bewusst waren, in einem solchen Wintersturm erschlagen. Bei dieser großen Stärke mochte es nicht wundern, dass manche wilde Garamanten und Heruler im Heer des Kaisers ihn, zumindest heimlich, als Genius und als Schutzgott ihrer Armee die Verehrung in Form von Opfern und von Weihrauch darboten. Wie sich denken lässt, war das Belisar, als man es ihm zutrug, nicht eben sehr angenehm, zumal er orthodox und auch ansonsten ein Feind des Heidentums in allen seinen Formen war. Er wusste aber, dass man es den Söldnern, da sie nun einmal Söldner sind, nicht wehren konnte, das als Götter zu verehren, was sie als für den Sieg entscheidend achteten, zuweilen eine Münze, einen Stein, ein heidnisches Idol, ein Götzenbild und, wenn es nur den Sieg versprach, den Teufel.

Nach seinen Grüßen setzte Belisar die Rede in der griechischen Sprache fort, da er, der nie das Gesicht eines seiner Männer vergaß, wusste, dass der Syrer viel besser Griechisch als Latein beherrschte: „Gott mit dir. Ich nehme an, die Kette, die ihr in der letzten Nacht über den Fluss gespannt habt, hat auch in dieser Nacht gehalten?" – „So ist es, Stratelates," das war die Art, in der die Griechen den *magister militum* zu fassen pflegten, wenn sie nicht „Strategos" oder irgendein anderes ihnen gerade einfallendes Wort gebrauchten, „zwar standen die Goten mehrfach am Oberlauf und brachten Bäume in den Fluss, um die Mühlenschiffe zu zerstören, aber beide Ketten hielten stand. Im Übrigen", Johannes versuchte sich kurz zu fassen, doch war es ihm eine zu große Ehre, mit dem ersten Feldherrn des Kaisers selbst sprechen zu dürfen und dieser gegenüber seinen Männern zu milde, als dass es ihm zum Tadel gereicht hätte, „teilte Bessas, genannt der Kappadoker, heute morgen von der Porta Flaminia mit, dass er mit seinen Schleuderern und Schützen in der Nacht bei dem Versuch der Goten, wiederum die Sperren zu zerstören, eine große Zahl von ihnen getötet und ihre Reste vertrieben habe." – „Dann danken wir dem Herrn, dass er es so gefügt hat. Jedoch, mein Johannes, du wirst wohl nicht an diesen Ort gekommen sein, um allein darüber zu sprechen." Der Syrer nestelte an der Spange, die seinen Mantel auf den Schultern hielt und wie ein Adler, der zwei verschiedenfarbige Steine in den Klauen trug, geformt war und legte seine Worte zurecht: „So ist es. Als ich zur ersten Stunde mit meinen Männern – du kennst sie, man kann ihnen trauen – an der nordöstlichen Mauer stand und die Wache gewechselt wurde, war eine Aufregung unter den Goten jener Gegend, deren Lager dort nicht eine Meile weit von dem Tor, das man Porta Salaria nennt, entfernt ist, nah bei der Bia", er stolperte über den Laut, den das lateinische „v" abbildet, „Via Nomentana. Man hörte einen Laut, der danach klang, als ob sie etwas nagelten und sich als Handwerker betätigten." Belisar lächelte: „Ja, der Keil im Wald ist besser als der Baum am Ofen." Gelegentlich scherzte er mit den Sprichwörtern seiner Heimat, die an der Donau lag. „So sagt man zumindest. Wie dem auch sei", er nahm erneut die undurchdringliche Haltung des Wolkenvaters an, „in der Nacht zu arbeiten ist nicht die Art der Goten, zumal sie nicht gewohnt sind, Wachen aufzustellen." Während sich der Feldherr also mit Johannes, dem Syrer, beratschlagte und seinen Bericht unter Gegenreden hörte, standen gleichfalls auf dem Mausoleum zwei Griechen, Palladas und Chairephon, die als Dolmetscher das Heer begleiteten, das sich in vielerlei Völkerschaften verlor und deren einer Flügel den anderen nicht verstand und deren Reiterei nichts von den Bogenschützen wusste. Lange betrachteten beide die Statuen, die das weite Dach des Mausoleums umrandeten und gingen von der einen zu der andern und umgekehrt und standen voller Achtung vor den Werken, von denen sie nicht wussten, dass sie ihre Väter einst geschaffen hatten und glaubten einem Hunnen, der erzählte, ein Römer habe ihm gesagt, vor langen Zeiten wäre da ein Zauberer, Vergil, gewesen, der habe Männer mit dem Wink des Fingers in Stein verwandeln können und dieses wären nun die Leute, die er zu seiner Zeit verwandelt hätte. In Wirklichkeit aber stand dort, aufgereiht von links nach rechts, ein Reigen der großen Bildwerke in römischer Kopie aus weißem Marmor, den auch der Regen kaum verwittert hatte. Ganz links fand sich als

Muster aller Proportion, als Scheidemünze aller andern Werke, der Doryphor des großen Polykleitos, von einem Meister, halb so groß wie er, doch hundertfach gemessen an den Zeitgenossen, in Marmor ausgeformt und treu kopiert. Daneben, ebenfalls von Polyklet, sein Hermes, der das Gegenbild zu jenem, wie jener Mensch und dieser Gott, ausbildete und der sich beinah wie der Gott persönlich vom Boden abzustoßen schien, das Stand- und Spielbein des Doryphoren auf die Spitze treibend. Man war einst mehr als stolz auch dieses Bild auf diesem Platz zur Schau stellen zu können, da nicht umsonst Polykleitos als Menschenbildner, nicht als Götterbildner, den Ruhm der Nachwelt schon zu jener Zeit erhielt. Daneben, aus der Zeit nach Polykleitos, von Skopas, der sich am Grabmal seines Mausolos unsterblich machte, ein Bildnis der Hygeia in schwellendem Gewand und mildem Ausdruck, in dem vom Haar bis auf den Schwung des Leibes der Stein zu fließen schien. Hervorgetreten aus der Reihe erschien aber ein Augustus, das beste was die Steinmetzkunst der Römer zu allen Zeiten auf die Welt gebracht und bis auf diese Zeit erhalten hatte. Als aber jene Griechen und der Hunne noch ganz in das versunken waren, was sie schon nicht mehr oder überhaupt gar nicht verstanden, kam durch den langsam aufkommenden Regen einer der Syrer des Johannes auf die Plattform und schrie Alarm. Die Goten hatten an der Porta Flaminia einen Belagerungsturm errichtet, was von einem armenischen Bogenschützen bemerkt worden war, der aber nur Armenisch und weder Griechisch noch Latein sprach und da seine Kameraden fern waren, sich nicht verständigen konnte und erst den nächsten Posten suchen musste, der seine Stelle längst verlassen hatte, so dass die Goten sich der Mauer näherten. Belisar scharte eine Abteilung seiner Doryphoren um sich und gab den Bucellarii Anweisung, sich dicht an ihn zu halten, die ihre klirrenden Köcher schulterten, Reflexbögen spannten und mit geschlossenen Kettenhemden, auf der einen Seite das silberbeschlagene Schwert, auf der anderen den hunnischen Speer, der mit Widerhaken bewehrt war und schreckliche Wunden schlug, in nordwestlicher Richtung rannten, wobei sich auf dem Weg die Syrer des Johannes anschlossen, in vielfarbige medische Umhänge gekleidet, auf denen bunte Wellenlinien von Henna und Zinnober hin- und her wippten, fast eins mit den schwarzen

Locken über den goldenbraunen Gesichtern der Levante, auch sie
ihre Bögen mit einem Fuß am Boden spannend und die
vergifteten Pfeile auf die Schultern genommen. Die schmalen
eisernen Rundschilde wippten im Lauf, oft versilbert, teils
goldbeschlagen und mit dem Bildnis der Astarte ausgeführt, der
Sonne und des Mondes und der siebenzackigen Sterne. Durch
Boten alarmiert, verstärkte eine Abteilung Heruler, aufgestellt als
Wache des Palatin, die zur Porta Flaminia geworfenen Truppen;
schreckliche Männer und im Heer die verhasstesten, kannten sie
furchtbare Götter und opferten einmal Gefangene, dann wieder
eigene Eltern und Alte, die nicht das Schwert und den Speer mehr
halten konnten auf einem glühenden Haufen von trockenem
Reisig und Stämmen. Keine Waffen kannten sie zu ihrem eigenen
Schutz bis auf den Schild und nicht einmal den trugen jene, die
sich noch nicht als würdig erwiesen hatten, ihn nicht aus Furcht,
sondern nur als Waffe zu brauchen. Holzartig feste, mehrfach
gesteppte Jacken schlugen auf den ledernen Hosen, mit Bändern
umwickelt, und barhäuptig, schreiend im Kampf, nahten sich
diese Männer mit wehenden Haaren und Bärten. All ihre
Hoffnung setzten sie nun auf die Runen an Schilden und Speeren,
die ihre gewaltigen Götter besänftigen sollten.
Doch an der Porta Flaminia wogte inzwischen der Kampf auf
beiden Seiten, suchten die Goten sich der Mauer zu nähern und
schossen die Hunnen vom Wall die schrecklichen Pfeile. Gestärkt
mit Lamellenpanzern von Eisen und Knochen, karges Fell an den
Westen und fest auf ragenden Stiefeln, die einen mit Helm, die
andern in Kappen und viele barhäuptig, dass ihre Zöpfe auf den
sonst nur noch kahlen Schädeln nach hinten fielen, mit platten
Nasen und eng verschobenen schwarzen Augen, ein Volk der
Steppe und treu den Geldern des Kaisers, standen sie nun auf den
Wällen und schossen Pfeil um Pfeile von den beinah zum Kreis
gespannten Bögen aus Knochen und Sehnen. Hie und da hatte es
einen durch einen gotischen Speer zu Boden gestreckt und
schnell war ein andrer zu Stelle, den Platz des Toten zu füllen und
einer schüttete Sand, dass der Boden vom Blut nicht zu schmierig
würde. Schließlich drängten die Goten, gekleidet in eiserne
Panzer, mit eisernen Helmen und Schwertern und pelzgefütterten
Mänteln heftiger gegen das Tor, es stürmten allseits die Reiter, die
Lanze in Kreisen bewegend und langsam rückten die Türme von

Ferne den Toren näher. Aber innerhalb stand, am Fuß einer Treppe des Walles, Cleotherich, Herzog der Goten, Ringe an beiden Händen, am Hals eine goldene Kette, daran ein Kreuz mit Rubinen, die eiserne Rüstung darunter und auf den Schultern den Mantel, bodenlang und von Zobel. Er schlug nun das Visier des Helmes nieder, dass eine fürchterliche Maske war, ergriff die goldbeschlagene Spatha und bewehrte sich mit Speer und weitem Schild, in grün und rot, mit Edelsteinen rundum eingefasst. Er hatte seine Sippe kurz zuvor, als es die Römer aus dem Land zu treiben galt, verraten und war mit seinen Männern zu Belisar gegangen, der sie mit sich nach Rom nahm. Nun war es an der Zeit, es zu vergelten. Er scharte seine Männer, ganz in Eisen, mit Fellen und mit bandbewehrten Hosen, die Spangen auf den Schultern und den Armen, und zog mit ihnen zu der Ausfallpforte. Da aber nun Aegidius, Comes, das bemerkte – er hatte eine Truppe Garamanten – entschied er sich nun diese rasch mit jenen gemeinsam vor das Tor hinauszuschicken. Die jauchzten auf in einer fremden Sprache und wiegten sich in einem Kriegstanz ein, den sie daheim, jenseits der breiten Wüste, in grauenvolle Nächten ihren Göttern tanzten. Sie gingen barfuß, ihre Leiber glänzten von tiefstem Braun und ihre Muskeln zuckten und pulsten, wie die Goten voller Schrecken sahen, da sie nicht Hemd, nicht Panzer trugen und nur den Schurz die Blöße zu bedecken, den festen Schild von Rindshaut aber und den scharfen Speer mit weit geschwungener Klinge. Sie setzten über Stein hin zu der Pforte und rannten mit den Goten hinaus um das umkämpfte Tor zu schützen. Da fand Chleotherich den Schwager Theodemir und beide kreuzten ihre weißen Klingen, dass ihre Schwerter schartig wurden, bis der Verräter tötete den Schwager, der seinen Schwager seinerseits durchbohrte. Auf einem Schlachtfeld lagen also beide und wieder floss ihr Blut versöhnt zusammen.

Die Garamanten aber schrien in Verzweiflung und schäumend rannten sie zum Feld der Goten, wo aus den Scharen des Chleotherich kein Mann mehr zu den Römern wiederkehrte, und hieben um sich mit den breiten Schilden und schlugen mit den Lanzen, doch, sie wurden von den Reitern abgemäht und also fiel der Garamenten Saat, von schwarzen Leibern und von schwarzen Köpfen hin auf die Erde, ihre Furchen düngend.

Da sich nun diese Reiter allzu nah, bis an die Mauer vor, begeben hatten, da wandten sie sich eilig um und ließen das Schlachtfeld ganz so wie es war und selbst das Tor, und auch die nicht berittenen Goten zogen sich wieder mehr in Richtung ihres Lagers. Erst atmeten die Hunnen auf den Mauern auf, dann aber sahen sie erschrocken, dass sich der Turm der Goten näherte und ihre Pfeile nun zur Neige gingen. Da aber, der Weg vom Grabmal bis zur Mauer war sehr lang, erschienen Belisar, die Doryphoren, die Bucellarii und seine Truppen, mit denen unter Jubel seiner Männer die Hunnen zu entsetzen waren, sodass Johannes mit den Syrern nun den Wall besetzte und wartend auf das Schlachtfeld vor der Mauer sah. Es stellten sich zu einem zweiten Ausfall die Heruler, ein Volk, dass keinen Schrecken kennt, zur Seite, bis endlich Belisar zur Mauer aufstieg und lange still und nach gewohnter Art besonnen blieb. Der Turm zog näher, da ihn zwanzig Ochsen schleppten, die von den Goten angetrieben wurden, damit der Abstand zu der fernen Mauer schnell überbrückt sein möchte, da die Römer nun neue Pfeile an den Wällen hatten. Johannes sah auf Belisar, der immer noch, so wie er es gewohnt war, Ausschau hielt und undurchdringlich in sich selbst zu schauen schien. Und wieder schwebte diese schwarze Wolke vor ihm. Mit einem Male aber lächelte Belisar und sah nun auf die letzten Gotenreiter, die sich noch in der Nähe vor der Mauern nach allen Seiten herumtrieben, in der Hoffnung, dass bei den Toten etwas Goldenes sein mochte. Da nahm sich Belisar den Bogen eines Syrers, der neben ihm den nächsten Kampf erwartete und spannte ihn und traf einen der Reiter, der überschlagend tot zu Boden stürzte. Dann nahm er einen zweiten und der zweite brach so zusammen, dass ihn allein sein Pferd zurück als Leiche in das Lager brachte. Und schließlich legte Belisar noch einmal an, atmete aus und traf den dritten durch die rechte Wange, sodass er augenblicklich tot daniederstürzte. Das war der Wolkenvater, wenn er donnerte. Ein unfassbarer Jubel machte sich diesseits des Walles breit und eilig fielen die Heruler nieder um den verehrten Heros anzubeten. „Männer!", und immer noch war seine Stimme gütig, doch laut und deutlich, wie er oft gesprochen hatte, wenn große Schlachten vor den Römern lagen, „Habt keine Angst! Wir sehen heute den bisher größten Fehler der Goten, da sie sich, was trefflich war, einen Belagerungsturm errichtet haben, aber auch, was töricht war, ihn nicht selber anzutreiben kamen, sondern vielmehr Rinder dazu brauchen, die ungeschützt vor unsrer Mauer stehen. Wenn diese liegen, liegt auch jener Turm. Ihr wisst, was nun zu tun ist. Steht eng zusammen! Zielt genau!" Da regnete ein Hagel Lyderpfeile hinab und fällte dicht wie Schnee die Ochsen. Der Turm saß fest und da die Goten ihn verließen, entzündeten die Syrer ihre Pfeile und ließen einen Feuersturm in Richtung des Turmes und des Gotenlagers fallen. Johannes blickte wieder zu dem Feldherrn, der sich erneut in seine stille Seite, den milden Vater, umgewandelt hatte. Er sah trübe auf die Reste jenes Turms, die Leichen vor dem Tor und die Verluste, an denen er die Schuld trug und sich gab. Da nun der Syrer, noch im Flammenschein des Turmes, den Ort verließ und auf der Treppe stand, bemerkte er, wie Belisar sich niederkniete und im Gebet Gott um Verzeihung bat.

C. A.

Das Herbstwetter

Der Nebel hängt tief überm Tal.
Die Bäume sind knorrig und kahl.
Das Gras wiegt sich sanft und still,
weil der Wind es nun so will.

Die Wolken sind vom Regen schwer.
Laut schlägt die Brandung vom tosenden Meer
an den schlammigen Strand,
an die schwarze Felsenwand.

Der Regen fällt schwer auf die Straß'.
Es ist stürmisch und nass.
Der Himmel ist grau verhangen;
in den Häusern die Kinder bangen.

Ein Blitz schlägt ein in einen Baum.
Die Eltern schrecken aus dem Traum.
Sie nehmen die Kinder in den Arm,
sie trösten sie, halten sie warm.

Luise Krahnert

Trauer

Tod, Sterben, Geist und Grab.
Trauer um jemanden, den es mal gab.
Finsternis, Nebel, Dunkelheit.
Alles ist still vor Traurigkeit.

Stumme Tränen der Nahestehenden.
Die stille Verzweiflung der wehenden
Trauerschleier, so schwarz wie der Rest.
Ein schmerzlicher Grund, ein schreckliches Fest.

Vollendung, Seele, Vergänglichkeit.
Man ist nie ganz für den Tod bereit.
Und doch ein kleiner Hoffnungsschimmer:
Man bleibt in den Herzen der Anderen für immer
UNSTERBLICH.

Luise Krahnert

Eine Tetralogie[*]

Anonymus

---

[*] Behelfstitel

Das letzte Buch

Sie öffnete die Tür. Im Laden war es stickig, nur wenige Lichtstrahlen der kalten Dezembersonne fanden ihren Weg durch die milchigen Gläser. Allerdings war es angenehm warm und es roch weihnachtlich nach Vanille und Zimt, nach altem Leder und Pergament. Schnee fiel von ihren Schuhen und bildete kleine Pfützen um ihre Füße.

Er begrüßte sie nicht. Er begrüßte sie nie. Überhaupt hatte er in ihrer Gegenwart niemals gesprochen. Wortlos, sprachlos war er, vielleicht, so dachte sie, hatten die Bücher, welche sich in hohen, verstaubten Regalen türmten und jede freie Fläche einnahmen, alle seine Worte in sich aufgesaugt und ihm keine mehr gelassen.

Vielleicht war ihm das gesprochene Wort auch zu banal, zu unbeständig gegen das ewige, uralte Wissen, das er um sich gesammelt hatte.

Seine Hände waren warm und trocken, wie alles in diesem Laden, wenn man mal von der kleinen Pfütze geschmolzenen Schnees absah. Das Päckchen, das er ihr gab, war in raues Papier eingeschlagen und wurde von einem einfachen Strick zusammengehalten. Sie legte einige Münzen auf den Tisch und nickte ihm zu, bevor sie ging.

Draußen war es kalt, doch es schneite nicht mehr. Ihre Stiefel hinterließen knirschend Spuren im frischen Schnee. Der Mond stand hoch am Himmel und fast schien es, als bewache das große Auge ihre Heimkehr. Das Päckchen lag warm an ihrer Brust, versteckt unter dem viel zu großen Mantel, der einst ihrem Mann gehörte. Sie sprach nicht viel über ihn, aber sie las. Sie konnte gut vorlesen, immer saßen meine Schwester und ich zu ihren Füßen, um ihren Worten zu lauschen. Sie erschuf uns neue Welten. Sie trug uns weg von all dem Leid dieses Lebens, so gefangen waren wir von diesem Zauber.

Dies nun würde das letzte Buch sein. Was würden wir tun, wenn es ausgelesen war? Wohin konnten wir dann fliehen? Wohin würde sie dann gehen? Und: könnten wir ihr dahin folgen?

Dunkelheit

Kein Mensch ist perfekt. Jeder hat Schwächen. Ich habe Angst. Vor der Dunkelheit. Vor der Hilflosigkeit. Davor, verletzt zu werden.

Aber Schwächen und Ängste sind nur dazu da, überwunden zu werden. Was wäre das Leben ohne Herausforderungen? Man muss über den eigenen Schatten springen. Das ist physikalisch unmöglich, sagst du? Oh nein. Man muss zur richtigen Zeit am richtigen Ort die richtige Idee haben.
Die richtige Zeit ist nachts, wenn die Dunkelheit sich wie ein samtenes Kissen über die Stadt legt und ich das Gefühl habe, zu ersticken unter der schweren Last.
Der richtige Ort ist zwischen zwei Laternen, Quellen des Lichts, die für einen Moment die Angst vertreiben.
Da stehe ich und betrachte den Schatten, den ich werfe. Er ist ganz lang. Wenn ich einen Schritt weiterginge, wäre er klein, kaum sichtbar unter meinen Füßen. Noch einen Schritt und er wäre wieder groß, aber in die andere Richtung. Das ist der Zauber des Lichts. Wir könnten die Dunkelheit hinter uns lassen.
Ich gehe in die Hocke, streiche über das raue Pflaster, auf dem mein Schatten meine Bewegungen nachahmt. Ich selbst habe ihn geworfen, die Dunkelheit kommt von mir. Alle Dunkelheit ist menschengemacht. Sternenklare Nächte gibt es nicht mehr, denn der Rauch der Industrien überzieht unseren Himmel. Weite Ebenen, in goldenes Sonnenlicht getaucht, sind längst bebaut mit hohen Häusern, die Schatten auf die Straßen werfen.

Auch ich werfe einen Schatten auf die Straße. Als ich mich erhebe, wächst er und fast scheint es, als wolle er sich von dem Pflaster erheben. Doch stumm liegt er vor mir und wartet, was ich tun werde. Ich trete einen halben Schritt zurück. Gehe in die Knie. Stoße mich ab. Verliere den Bodenkontakt. Fliege für einen Moment. Ich fühle mich wie ein Staubkorn, das, vom leisen Wind getragen, glitzernd in der Sonne tanzt. Dann komme ich auf, federnd. Meinen Schatten, meine Angst hinter mir lassend. Und ich drehe mich nicht um, als ich gehe. Denn all das kann mir nichts mehr anhaben.

Engelskind

Die Stadt lag unter mir. Voller Lichter, voller Lärm, voller Menschen. Jeder Mensch hat eine Geschichte, tausende Geschichten lagen unter mir, unter meinen Füßen, dort in den Häuserschluchten, in den Abgründen des Lebens.

Was heißt schon Sein? Was ist schon Existenz? Ihr quält unsere Substanz, erschüttert unsere Seele! Die Seele, sie ist aus Glas, zerbrechlich, man sieht die Narben, die Splitter, die Spuren der Unvorsichtigkeit. Man sieht uns an, was ihr getan habt. Ihr habt uns zerstört.

Ich wurde zerstört, deshalb bin ich hier. Ich bin ein Engel. Meine Haare sind golden und gelockt, sie fallen bis da unten, wo quietschende Autos um die Ecken rasen, da unten, wo ein Krankenwagen mit Blaulicht einen Toten retten will.

Wir sind alle schon tot, wir wissen es nur nicht. Tief in unserem Inneren gibt es nichts mehr, wofür wir kämpfen. Nichts, wofür wir lachen, weinen, fühlen, leben. Denn Leben ist nur dazu da, gespürt zu werden. Genossen zu werden. Hast du einmal vom Leben gekostet, willst du es wieder, jagst ihm nach, doch so sehr du es auch versuchst, du wirst es nicht wiederfinden. Am Ende glaubst du, Leben sei Erfolg, Berühmtheit, Reichtum, aber das ist nicht wahr. Denn wenn deine Zeit gekommen ist, was bleibt noch von dir? Dein Geld? Dein Erfolg? Die Erinnerung an dich?

All das lässt dich nicht weiterleben. All das ist nichts wert. Ich muss es wissen. Ich bin ein Engel. Ich bin schon geflogen, hoch oben bei den Wolken. Ich bin schon gefallen, tief und tiefer, in ein bodenloses Nichts. Und ich habe gelebt. Ich habe jede Sekunde meiner kostbaren Zeit genossen und genutzt.

Das ist der Grund, warum ich hier stehe, auf dem Dach des höchsten Gebäudes der Stadt. Ich bin ein Engelskind, ich werde fliegen. Fallen. Und ich hoffe, bete, niemand versucht, mich aufzufangen, weil ich erst im Fallen spüren kann, was Fliegen bedeutet. Weil ich erst im Weinen spüren kann, was lachen bedeutet. Weil ich erst im Tod spüren kann, was Leben bedeutet.

Ihr unter mir, ihr spürt es nicht. Ihr habt verlernt zu fühlen. Stumpf geht ihr durch euren Tag, blind wollt ihr sehen, taub wollt ihr hören. Eure Straßen sind grau, eure Träume verblasst wir uralte Schrift auf zerfallendem Papier. Ihr seid Schatten, Träume, seelenlose Körper, ihr seid stumme Sänger, lauft ohne Beine dem Glück hinterher, armlos wollt ihr es fangen.

Doch ich weiß es besser, denn ich bin ein Engel. Ich stehe hoch über eurer Welt, wo der Wind durch meine schneeweißen Flügel streicht und meine Kleider verweht. Ich bin nur mehr Asche, fortgeweht über das unendliche Meer, ich bin Sand und Schlick, fortgetragen von seinen Wellen. Ich bin nicht mehr, löse mich langsam auf, die Welt kippt, ich falle. Ich falle tief, so tief und ich schließe meine Augen. Denn ich will das Gefühl genießen. Ich bin neugierig, was die Welt wohl bringen mag, danach, nach dem Leben. Wie Sterben sich wohl anfühlt.

Die harte Straße fängt mich auf, fast fühlt es sich weich an, als ließe ich mich auf ein Federbett fallen. Die Straße ist grau und rot und der nächste Krankenwagen kommt zu mir. Nur, dass ich dann nicht mehr da sein werde. Ich werde längst fortgeflogen sein. Ich kann das, denn ich bin ein Engel.

Träume

Das Meer war ungewöhnlich ruhig. Spiegelglatt erstreckte es sich vor ihren Füßen. Die untergehende Sonne färbte das einstmals himmelsblaue Wasser in feurigen, rotorangenen Tönen. Dies war die einzige Zeit, in der Flammen auf der See tanzen konnten, wenn die glutheiße Sonne die Kühle des Ozeans küsste. Auf einem Holzsteg standen zwei Personen. Sie waren nur Schatten vor den hellen Lichtern des Horizonts. Der eine, groß und hager, hatte die Hand auf die Schulter des kleineren gelegt. Er zeigte gen Westen. „Da", sagte er, „ist die Welt nicht zu Ende, mein Sohn. Es geht weiter. Irgendwo da hinten muss noch etwas sein. Eines Tages werde ich hinüberfahren, mit einem Schiff. Eines Tages werde ich meinen Fuß aufsetzen und willkommen sein. Indien, das Land der Gewürze und des Reichtums ... Ich werde dorthin segeln und du wirst mitkommen, Christoph. Du wirst mich begleiten."

Das war vor sieben Jahren gewesen. Als Christoph jetzt auf das Meer schaute, sah er nur die Priester, die in einem Akt der Selbstjustiz das Volk aufstachelten, bis es seinen Vater ertränkte. Seine Faust schloss sich fester um den Kompass. Alles, was ihm geblieben war. Der Kompass – und der Traum. Der Traum von Indien. Er nickte seinen Offizieren zu und ging gemessenen Schrittes an Deck. Tief atmete er die salzige Seeluft ein. Er hatte es fast geschafft. Die Reise war entbehrungsreich gewesen, er hatte Schiffe verloren und einige Matrosen wollten meutern, doch nun war es beinahe so weit. Er lächelte. „Ihr könnt Träumer töten ...", murmelte er, „doch nicht ihre Träume."

In diesem Moment vernahm er den lang ersehnten, verheißungsvollen, hoffnungsfrohen Ruf. „Kapitän! Da ist Land in Sicht!"

Anonymus

Brahms-Skizze

Der trübe Herbstnachmittag kräuselte bereits die Blätter und trieb sie auf dem grauen Pflaster vor sich her, so dass sie an jeder Ecke, von einem Luftstrom zum nächsten gerissen, die sonderbarsten Reigen vollführten, halb getrieben und halb gestoßen zwischen Erde und Himmel. Es war kalt geworden und der frühe Raureif ließ den nahenden Winter kommender Zeiten erahnen. An den Fenstern rüttelte der Herbstwind und pfiff durch die Fugen, dergestalt, dass immer ein leiser Schauer den im Inneren des Hauses Vorbeigehenden oder die Straßenzüge Betrachtenden erfasste, beinahe so, als sollte auch er, der die Kälte in warmer Umgebung erleben darf, ihrer ein stückweit teilhaftig werden. Nicht frierend, nur so stark, dass er sich der Empfindung der inneren Wärme umso mehr bewusst werden kann.

Brahms war kalt. Die dunkel-samtene Hausjacke, wiewohl bereits vollständig geschlossen, schien ihn nicht mehr zu wärmen wie zuvor, der Stoff nicht derselbe zu sein, wie ihm überhaupt die Welt veränderlich und immer kühler werdend entgegentrat. Vierundzwanzig Jahre! Und schon einsam. Es war ihm grau geworden, die Welt, die Empfindung, was immer sich zur Betrachtung darbot ergraute vor seinen Augen, wurde fahl und nichtig. Selten hatte er derartig trübe Gedanken gefasst und niemals eine solche innere Leere gefühlt wie an diesem Tag. Er setzte sich an den Flügel und präludierte. Es wollte nicht. Würde es je wieder wollen? Einzig Motive von Schuhmann fielen ihm ein. Schuhmann! Das war ein Mensch, ein großer Mensch. Er hatte Brahms berühmt gemacht, damals, in Leipzig, und fast über Nacht blickte die Welt auf den jungen Künstler, voller Erwartungen, voller Hoffnungen.
Schuhmann, ein solcher Mann – und an der Musik verrückt geworden. Er hörte Töne und Melodien, unaufhörlich, Tag um Tag, Nacht um Nacht, bis er starb.
Brahms stand auf und ging zum Schreibtisch. Da stand es noch, das Porträt Claras, jenes Bildnis, mit dem sich so viel Angenehmes und so viele Leiden verbanden. Brahms fühlte sich bei dem Anblick der Geliebten schuldig, denn wie nie zuvor

drängte sich in ihm der Gedanke herauf, dass er an Schuhmanns Tod nicht ganz unschuldig gewesen sei, nein, vielmehr durch die Bewunderung seiner Frau und seine Vernarrtheit ihm den letzten Stoß versetzt zu haben, der ihn von seiner lichten Höhe in das Dunkel des Wahns hinabstürzte. Unsinn! Erst nach der Einweisung Schuhmanns hatte er an sie geschrieben, es war schon zu spät. Aber war seine Verliebtheit in Clara für den großen Mann nicht zu spüren, nicht zu erahnen, quälte es ihn nicht? Vielleicht dachte er an den Altersunterschied, immerhin vierzehn Jahre, vielleicht dachte er auch gar nichts.

Es ist oft so, bei großen Menschen, ging es Brahms durch den Sinn, dass sie völlig blind für alle Umgebung, für alles Objektive sind, jedoch so empfänglich im Subjektiven, in jenem, dass den Leuten nur Angst macht.

Brahms wandte sich zum Fenster und erinnerte sich wieder an die noch vor kurzem so glückliche Zeit. Sie schien ihm jetzt fern zu liegen, seit Unendlichkeiten fern. Und dabei waren es doch nur Tage!

Eine Zeit lang lebten sie sogar im selben Haus, Clara und er. Das erschien ihm fast vergessen, aber immer noch brennend deutlich war, wie er so verliebt, so rasend gewesen sein konnte. Er schrieb Brief um Brief an Sie, in immer leidenschaftlicheren Worten. Hatte sie ihm nicht sogar das Du angeboten, seine Schwüre und Beteuerungen entgegengenommen? Wie schrieb er einst: „Du bist mir so unendlich lieb, dass ich es gar nicht sagen kann. Deine Briefe sind mir wie Küsse." Das schrieben andere auch, und sagten es besser. Aber bei ihm war es ehrlich gemeint, er konnte nicht ohne den Gedanken an Sie, ihre Worte, sein. Das Leben war ungerecht und immer wird es ungerecht bleiben, ungerecht für den Liebenden, ungerecht für den Jüngeren, der nicht die Gnade eines anderen hatte, die Geliebte zu nehmen, als man selbst noch ein Kind war. Brahms war in derlei Gedanken versunken und blickte nicht auf. Schuhmanns Frau! Ist das Unrecht doppelt groß, bei einem solchen Menschen? Nein. Brahms wandte sich um. Hat Schuhmann sie denn je geliebt, so innig, so glühend? Es konnte, es durfte nicht sein. Hatte Brahms denn nicht Anstand und Ehre bewiesen, niemals sehnte er sich nach einer Berührung, einem Kuss, er hatte sie nie behelligt, war es denn nicht Recht? Es war nicht Recht, Brahms sah es selbst ein. Steht nicht im Evangelium:

„Ich aber sage euch: Wer eine Frau auch nur lüstern ansieht, hat in seinem Herzen schon Ehebruch mit ihr begangen."
Fast wäre sie frei gewesen, fast hätten sie glücklich sein können. Schuhmann verstarb schnell. Was hatte sich Brahms für Hoffnungen gemacht! Und alles vergebens! Sie hatte sich von ihm entfernt. Wenn es jemals Leidenschaft in ihr gab, so war der Funke erloschen. Brahms selbst hatte es sich eingestehen müssen. Er erinnerte sich des Briefes vom 17. Oktober:
„Leidenschaften gehören nicht zum Menschen als etwas Natürliches. Sie sind immer Ausnahme oder Auswüchse. Bei wem sie das Maß überschreiten, der muss sich als Kranken betrachten und durch Arznei für sein Leben und seine Gesundheit sorgen." Und später noch: „Leidenschaften müssen bald vergehen, oder man muss sie vertreiben." Wie sprach daraus doch bereits die verbitterte Resignation!
Er wollte nicht mehr, er wollte sich nicht mehr den Zwängen der willkürlichen Leidenschaften, der tierischen Leidenschaft aussetzen, die einem Geist wie dem seinen doch so schlecht stehen musste! Er hatte noch viel vor, noch viel zu tun, zu komponieren, wahrhaft groß zu werden.
Brahms ging ans Fenster und riss es auf. Die Luft des aufdämmernden Abends erfrischte ihn und gab ihm die Pläne der Zukunft abgerissen und fragmentarisch ein. Er musste heraus, weg von Düsseldorf! Hinein, in die große Welt! Erst einmal vergessen, dann weiter nach oben! Er war noch jung, er konnte noch alles erreichen! Wozu sich mit den albernen Leidenschaften behängen? In solcherlei Gedanken erschien ihm farbig wie nie die Dämmerung, welche sich über die Straßen und Plätze senkte, ferne Turmspitzen vergoldete und durch die Ahnung der Nacht auch schon den nächsten Morgen ankündigte.

C. A.

Kaiser und Christus

Legenden, nacherzählt von drei Autoren

Kaiser Valerian

Die Welt stand fast in Flammen, im Brand das Römerreich
und sah nun seit Jahrzehnten sich selber nicht mehr gleich,
die Größe war verschwunden, die Rom einst groß gemacht,
und stürzte die Quiriten, das Kapitol in Nacht.

Da ging ein Ruf auf Erden, wie eine Stimme laut:
Valerian sei Kaiser, ein Mann schon halb ergraut,
und Volk und Heer und Räte, die wählten ihn sodann
als ihren nächsten Kaiser, den Herrn Valerian.

Ein Mann von altem Adel, ein Mann aus einem Guss,
man nannte ihn Licinier und auch Colobius,
doch war trotz aller Namen sein Ruf nicht Redens wert,
er führt scharfe Worte, doch lieber noch das Schwert.

Und als er sah die Drangsal, die war im Römerreich,
da wählte er den Geist nicht, da wählte er das Fleisch,
und opferte den Göttern, die damals man verehrt,
doch waren sie verzerrt und: wie war ihr Kult verkehrt!

Und immer weiter trieb ihn der Drang zum Götzendienst,
dass selbst die frommen Christen er zwang zu diesem Dienst
und forderte zu opfern, doch blieben diese stumm
und viele ihrer litten da das Martyrium.

Und auch der fromme Bischof Karthagos, Cyprian,
ein mehr als nur gerechter, ein vortrefflicher Mann,
war da vor ihm gerichtet und sprach vor Richters Bank
bei seinem Urteil einzig: „Es sei – und Gott sei Dank!"

So goss nun Öl ins Feuer Valerian zumal
und machte alles schlimmer in jenem Jammertal,
ein frevelhafter Kaiser und mehr als schlimmer Mann,
der achte der Verfolger, gezählt von Nero an.

Doch lässt Gott die Verfolger, so wie sie sind, nicht sein
und gießt das bittre Schicksal in Strömen ihnen ein

und so war es auch damals, als er nach Persien kam,
der Kaiser aller Römer, der Herr Valerian.

Er wollte sich mit Schapur, der Perserkönig war,
um Land und Länder streiten, es ging so manches Jahr,
und also zog er endlich und endlich zog er dann
nach Persien mit den Heeren, mit siebzigtausend Mann;

Auf seinem Haupt die Krone und in der Hand den Stab,
den er, so lang er lebte, nicht einmal von sich gab,
denn wer das Herrschen gern hat, der lässt den Szepter nicht
und trete auch die Hölle ihm vor das Angesicht.

Als er nun also ankam, mit seinem ganzen Tross,
da blickte er zur Seite und wandte um sein Ross,
da ganz in seiner Nähe, doch nur für ihn zu sehen,
ein alter Bettler nahte und vor ihm kam zu stehen.

Der sah nun auf den Kaiser und sprach: „Zieh lieber fort,
denn gegen Gottes Wille, steht, Kaiser, nun dein Wort!"
Da sah herab der Kaiser und lachte voller Spott:
„Ganz gegen Gottes Wille? Was kann mir euer Gott?"

Und bitter sah der Bettler, er sah ihn lange an,
dann blickte fort der Kaiser, fort blickt Valerian,
und als er kurz nach hier sah und dann wieder nach dort,
da war der alte Bettler mit einem Male fort.

So zog mit Lachen weiter der Kaiser in die Schlacht,
sie zogen Tages Länge und zogen durch die Nacht,
bis er nah bei Edessa, bei Carrhae ziemlich nah
das Heer des Perserkönigs, das Heer des Schapur sah.

Bald prallten beide Heere zusammen, dicht auf dicht,
wie sich am Meer, am Ufer, löscht aus die weiße Gischt,
und wogten auf und nieder, und wogten hin und her,
von Wunden träg und träger, von vielen Wunden schwer.

Da sprachen an Apollo, der Heidengötter Schar,
die Römer neu Gebete, an Zeus und Hestia,
doch in dem Augenblick, da sie dieses sprachen, schwand
die Heeresfront der Römer fast wie verschluckt vom Sand.

Sie wandten sich zu fliehen, doch schwand dort keiner mehr,
es ging in Tod und Knechtschaft das große Römerheer
und dort an ihrer Spitze ging Herr Valerian,
er führte nun in Ketten das Heer aufs neue an.

Sie gingen in die Persis und bis nach Ktesiphon
und dort erhielt der Kaiser nun den gerechten Lohn.
Er sprach nicht in Verzweiflung und er sprach reuig nicht
und bitter war auf immer ihm da sein Angesicht.

Wenn Schapur auf den Wagen nach oben steigen wollt,
da hat ihm stets aufs Neue sein Feind Tribut gezollt,
denn seine Strafe war es, gebeugt mit dem Genick
den Fuß des Königs zu stützen und stets mit Wut im Blick.

Schon einundsechzig Jahre war da der Kaiser alt,
doch lebte er noch lange in persischer Gewalt
und Gott hat ihn geschlagen, ob dem was er getan,
das ist nun die Geschichte von Kaiser Valerian.

Nikomedia

Als nun zweihundertfünfzig Jahre
der Tod des Herrn vergangen war,
auch dass er sich von seiner Bahre
erhob zum Vater, da geschah

Dass Diokles, als Kaiser mächtig,
jedoch ein frevelhafter Mann,
für sich ergriff den Szepter prächtig
und legte sich den Purpur an.

Durch Mord erlangte er die Krone
und nur durch Mord behielt er sie
und keine Woche herrscht er, ohne
dass neuer Mord befleckte sie.

Was er verlangte, musst' er haben,
und seine Schandtat brach sich Bahn,
er ließ, was ihm die Eltern gaben,
und nannte sich Diokletian.

Und nicht nur mit der Eltern Namen,
nein, auch mit ihrer Art brach er
und gab den Schmeichlern, die da kamen,
fast halbe Länder günstig her.

Und schließlich teilte er das alte,
das große Reich der Römer ein,
dass vierfach jeweils *einer* schalte
und mochte streng wie viere sein.

So dachte er die besten Stücke
für sich allein zu haben und
verkündete in seiner Tücke
den Teilungsplan aus sanftem Mund.

Da dies geschah, wollt er sich bauen
die Stadt mit Mauer, Turm und Dom,

die er (zu glauben musst man schauen)
bestimmte als ein neues Rom.

Und ließ die alte Stadt planieren
und trieb die Nikomedier fort,
dass sie Heim, Haus und Herd verlieren
und er gewinne *einen* Ort.

Und schnell ging dieser Bau vonstatten
und rasch hob sich die Stadt empor,
doch kam die Nacht mit ihren Schatten,
zerfielen Häuser, Stadt und Tor.

Das ging von einem Tag zum andern,
von einem zu dem nächsten hin,
die Sterne mochten aufwärts wandern,
die Türme fielen wieder hin.

So kam es, dass der Kaiser endlich
von seinen großen Plänen ließ
und selbst dem Mörder war erkenntlich,
dass ihm der Herr verwehrte dies.

Und also blieb Stadt Rom bestehen
und ging der Nikomedier Not,
denn *ein* Rom nur lässt Gott, gesegnet
von Petrus und von Paulus Tod.

Die Heilung Konstantins

Inmitten seines Lebens
war es dem Kaiser schwer,
lang suchte er vergebens,
was ihm ein Mittel wär

um jenes schwere Leiden,
ererbt aus altem Stamm,
von seinem Leib zu scheiden,
dass er genese dann.

Und nichts mehr wollte helfen,
ihm helfen wollte nichts,
nicht wundersame Quellen
und nicht der Schein des Lichts

und was man ihm nur brachte,
es war das rechte nie,
als ob er bald verschmachte,
er Nacht um Nächte schrie.

Und endlich an dem Morgen,
es war ein kühler Tag,
schien das Ende seiner Sorgen
zugleich ein neuer Schlag.

Da kam ein Arzt der Heiden,
fern aus dem Orient,
und riet für seine Leiden
ein Bad, das bitter brennt,

ein Bad von Blut und Tränen,
ein unsagbares Bad,
der Kaiser mochte wähnen
es nach Herodes Art.

Und war er auch ein Sünder,
(wer kann kein Sünder sein?)

nicht um das Blut der Kinder
wollt seinen Leib er rein.

Und also stand er endlich,
bereit zum Tod zu gehen,
da ließ Gott unerkenntlich,
ein Wunder an ihm geschehen.

Indem zu ihm im Traume
(es war ein schöner Traum)
traten mit goldenem Saume
in den dunklen Raum

Sankt Petrus und Sankt Paulus,
und beide grüßten ihn,
wie war der Kaiser traurig
sie leibhaft nicht zu sehen!

Und also sprachen da beide,
sie sprachen mild und klar:
„Es heilt dich ein Fluss vom Leide,
und macht deine Seele wahr,"

und gaben ihm dann ein Bildnis
von Bischof Sylvester ein,
den bannte er einst in die Wildnis
nun sah er ihn stehen im Schein.

Und als dann der Kaiser erwachte,
wie licht war ihm alles und klar,
dachte er lange und dachte,
wie deutlich doch alles war

und schickte nach Bischof Sylvester
und schickte zu jenem aus,
da fanden die Boten seit gestern
ihn nicht mehr in seinem Haus

und also trugen den Kaiser,
ihn, zu Sylvester hin,
es hatte sich, einmal weiser,
gewandelt des Kaiser Sinn.

Da fanden sie ihn bei den Armen
und jenen, die krank und in Not,
denen jener voll Erbarmen,
das, was er hatte, bot.

Sylvester dachte sie trugen
den Kaiser hin an sein Grab
und weinte, da denen, die schlugen,
er die andere Wange gab.

Da fragte man ihn nach dem Bade,
er wusste wohl davon,
es kommt aus jeder Schale
und springt aus jedem Bronn.

Er sollte dieses bringen,
das wundersame Bad,
und so nach ihren Dingen
Bischof Sylvester tat.

Und sprach darauf zu ihnen:
„Es ist der Taufe Quell",
und für den Kaiser schienen
die Tage wieder hell.

„Und glaubst du?", sprach Sylvester.
„Ich weiß", sprach Konstantin,
da ihm trotz Jahren erst gestern
das wahre Licht aufschien.

Und in dem großen Zeichen,
in dem er einst gesiegt,
vor dem die Dunkel weichen,
in dem die Wahrheit liegt,

war auch der Kaiser endlich
von seinem alten Leid,
– wie, war nur Gott erkenntlich –
durch Gott allein geheilt.

Alexander und Arius

Der größte Ketzer in den alten Tagen
des mehr denn großen Kaisers Konstantin
war Arius, dem (man wagt es kaum zu sagen)
Gott-Sohn weit unter seinem Vater schien.

Für ihn war Christus einstmals gottgeschaffen,
in irgendeinem unbekannten Jahr,
und damit träumte dieser frevelhafte
von einer Zeit, in der Gott-Sohn nicht war.

Und letztlich sah er wesentlich verschieden
den Sohn vom Vater und damit zuletzt
hat er, was Gott als *erstes* ließ verbieten,
zwei Götter für den einen eingesetzt.

Das wurde nun auf dem Konzil Nicäas
(der rechte Glaube findet seinen Weg)
verurteilt und das Wort des Homousäers
als Ketzerei und Frevel festgelegt.

Er selbst jedoch verfiel dem Anathema
und ging – es schien für immer – ins Exil,
doch war es gar nicht lang, dass er den Weg sah,
durch den der Kichenbann für ihn verfiel.

Denn Konstantin, trotz seiner großen Taten,
der hatte einen mehr denn großen Fehler:
Es war sehr leicht, ihm etwas anzuraten
und wenn er folgte, reute es ihn später.

Und so vertraute er dem Nikomedier,
dem Bischof seiner Stadt, Eusebius,
der Stadt, die er gegründet hatte, weder
auf Mensch-, noch Geist-, nein, göttlichen Beschluss.

Und dieser riet ihm nun, er solle milde
und väterlich den furchtbaren Beschluss

ins Auge fassen, dass er nach dem Bilde
der Flavier Gnade gebe Arius.

Er trage schließlich nicht umsonst den Namen
des milden Titus, dessen großes Amt,
er besser trug als viel, die nach ihm kamen,
und frommer schließlich als sie allesamt.

Und dies gefiel dem Kaiser nun vor allem,
auch andern Schmeichlern lieh er gern sein Ohr
und er bereitete ihm zu gefallen
die Reintroduktion des Arius vor.

Der machte sich nun jubelnd auf zur Stätte,
von der er kurz zuvor in Schande ging,
und jeder seiner blinden Jünger hätte
sich halb zerrissen, nur zu dem Beding,

dass er den Wiedereinzug seines Meisters
gebührend hätte feiern können und
den Weg mit Palmenzweigen und Begeistern
begleiten können, seinen Spruch im Mund.

Da kam es nun, dass Bischof Alexander
(er war schon fünfundachtzig Jahre alt)
die Kommunion dem Arius, keinem andern
zu geben hatte in beiderlei Gestalt.

Der aber war ein frommer Diener Gottes,
und auch als Greis ein fest entschlossner Mann
und sah den Auftrag als ein Ding des Spottes,
des Teufels an der ganzen Kirche an.

Und also sperrte er die weiten Türen
der Friedenskirche mit den Schlüsseln zu,
die man ihm gab, die Kirche zu behüten,
und wie man ihm dies sagte, tat er nun.

Und schließlich warf er sich im Chorraum nieder
und wandte sein Gesicht auf zum Altar
und betete in Stille immer wieder
vor den Ikonen, die er vor sich sah.

Und schließlich sprach er: „Herr, es ist die Stunde,
da ich die Kirche, dich, verraten soll,
nun nimm die Bitte an aus meinem Munde,
du Herr der Liebe und der Gnade voll.

Ich bitte dich, bevor ich endlich fehle,
wie ich es achtzig Jahre nicht gewollt,
nimm nun mein Leben oder wähle
das dessen, dem ich nie Tribut gezollt."

So betete er durch die ganzen Stunden
der schwarzen Nacht bis an den Morgen hin
und dann nahm er gefestigt, unumwunden,
die Schlüssel her und stellte Kelche hin.

Und langsam strömte dann auch die Gemeinde
zur Friedenskirche und sie sprachen dort,
dass Arius (sie waren seine Feinde)
herkommen sollte auf des Kaisers Wort.

Nun war es Zeit und Alexander sagte
die Worte, die zu Anfang nötig sind
und hielt die Messe und so mancher fragte,
wo Arius denn sei, sie schienen blind.

Und also ging der Gottesdienst zu Ende,
es wurde ihnen Segen zugedacht,
und Alexander faltete die Hände,
als man den toten Arius ihm gebracht.

Antonius und die Söhne Konstantins

Einst schrieben nach dem Tod des großen Vaters
die Söhne Konstantins an Abt Antonius,
den Gründer eines jeden frommen Mönchtums,
der erst allein, dann mit den Koinobiten,
fern in der Wüste, in Ägypten, lebte.
Es waren Konstantin, genannt der zweite,
und Constans, dessen Bruder, die da schrieben,
nicht aber der Constantius, der Verräter,
der sich der Lehre Arius' zugewandt.
Nun jedenfalls kam jener Brief nach Wochen
(denn nicht umsonst hat sich die Mönchsgemeinschaft
den Ort gewählt, an dem sie schließlich lebte)
bei Abt Antonius an und dieser las ihn.
Dann faltete er ihn erneut zusammen
und legte ihn beiseite und ging fort
um das Geschäft der Mönche fortzuführen.
Da fragten ihn die Brüder: „Abt Antonius,
wie kommt es denn, dass euch die Kaiser schreiben,
die Söhne Konstantins, die Herrn der Welt?
Das wundert uns und keiner kann es sich
von uns erklären, es ist rätselhaft."
Da sprach der große Lehrer Abt Antonius:
„Ihr solltet euch nicht wundern, dass die Menschen
an einen andern Menschen Briefe schreiben,
vielmehr und ganz allein über das eine:
dass Gott den Menschen die Gesetze gab
und sie durch seinen Sohn verkündigte."
So sprach er und fuhr fort mit dem Gebet.
Nach Tagen aber fürchteten die Mönche,
dass nun die Kaiser zornig werden mochten,
da sie ja schließlich Herrn des Reiches waren
und Christen, die mit gutem Willen schrieben.
So drängten sie den Abt zu einem Schreiben,
der sagte, dass er zwar nicht wüsste wie
und welcher Art man an die Kaiser schreibe,
war aber doch ein frommer Mann und wusste,
was rechtens ist und kannte Gottes Wort.

Und also schrieb er an die beiden Kaiser:
„Es ist sehr gut, dass ihr den Herrn verehrt,
und mehr ist nicht bedeutend, was ich euch
in einem Brief verehren könnte, doch
wenn ihr schon wünscht, dass ich euch einen Rat
erteilen möge, dann beherzigt diesen:
Schätzt nichts auf dieser Welt für ewig ein
und haltet nichts auf dieser Welt für groß,
vielmehr gedenkt des künftigen Gerichts,
seid menschlich, milde und sorgt für das Recht,
und sorgt auch für die Armen, die es brauchen
und schließlich denkt bei allen Taten, dass
der wahre Kaiser einzig Christus ist."
So schrieb der Abt Antonius an die Kaiser,
verschickte seinen Brief und ging dann wieder
zurück zu seinen Brüdern, dass er endlich
die fast versäumte Messe zelebriere.

Der Dämon

Der Feind der Christen, Julian,
ein mehr denn frevelhafter Mann,
entstammte doch, man glaubt es kaum,
dem konstantinischen Stammesbaum,
doch anders als sein Vorfahr war,
entschied er sich nur Jahr für Jahr
den alten Glauben, beinah tot,
zu setzen neu in Lohn und Brot.
Und da er nun nach kurzer Zeit
zu einem Kriegszug war bereit
und in das Reich der Perser zog,
war da ein Geist, der mit ihm flog,
an seiner Seite fand man ihn
am Morgen und am Abend stehn,
doch keiner war, nicht fern, nicht nah,
der ihn leibhaftig stehen sah.
Da nun die frommen Christen weit
sich breiteten zu jener Zeit
und dass verdross Herrn Julian,
entschied er sich zum Zauberbann
und schickte seinen Geist dorthin,
dass er mit überirdischem Sinn,
ihm spähe alle Dinge aus,
die ihm im Westen war'n ein Graus.
„Doch komm nach einer Woche mir
zurück, ich warte derweil hier."
Das sprach der Kaiser Julian
und jener Dämon macht sich dran.
Nun wartete im Wüstensand
der Kaiser an des Reiches Rand
und wartete fünf Tage lang,
die Zeit war schwer, es war ihm bang,
da gingen sieben Tage hin,
und enger wurde ihm der Sinn,
dann waren zehn schon fast vorbei,
da hörte endlich er den Schrei,
des Geistes, der vom Himmel kam

und hin sich setzte voller Scham.
Da wunderte der Kaiser sich:
„Was hielt so viele Tage dich
im Westen auf? In einem Tag
man bis nach drüben fliegen mag!"
Da atmete der Geist tief ein:
„Mein Herr, es ist, ich könnte schreien,
rein gar nichts hab ich als Bericht,
mich ließen jene Mönche nicht!
Ich kam nicht ganz zwei Meilen weit,
da fand ich gleichsam hoch wie breit
dort eine unsichtbare Wand,
gesetzt von unsichtbarer Hand
und in der Nähe einen Mann,
der gerade zum Gebet setzt an.
Nun gut, dass kann nicht lange sein -
ich setze mich auf einen Stein.
Das Feld war kahl, er lag am Hang,
ich wartete minutenlang.
Mehr konnte es ja gar nicht sein –
da saß ich stundenlang am Stein.
Ich wartete – bald ist es aus,
da ging der Klausner in sein Haus,
ich dachte mir: nun endlich weg,
da sah ich erst mit vollem Schreck,
dass er die nächste Messe las
und immer fort wie ohne Maß.
Nun eine Messe dauert nun,
vielleicht zwei Stunden ist zu tun,
dann aber musste Abend sein
und ich wär endlich ganz allein.
Nun aber kam die Nacht herein
und bei dem fahlen Lampenschein
fuhr er nur mit dem Beten fort,
ich war gefangen an dem Ort!
Nun ja, vielleicht bis morgen früh,
ich gehe besser spät als nie.
So kam der zweite Morgen an,
und immer betete der Mann!

Und als ich glaubte, es sei klar,
es schon der zweite Abend war.
Und also legte ich mich hin,
mit nichts als kurzem Schlaf im Sinn
und als ich wachte kam der Schlag:
er betete den fünften Tag!
Und bald schon sind der Tage sieben
seit meinem Weg im Land geblieben!
Da dachte ich mir: es muss sein,
der Klausner ist ja ganz allein,
er wird wohl einmal schlafen gehen:
Wie hatte ich mich da versehen!
Denn als ich sah, dass er zum Grund
sich legte, sah ich seinen Mund,
der immer noch, auch wenn er schlief
zu Gott seine Gebete rief.
Nun also, Kaiser Julian,
so ist es um dein Reich getan,
da keine halbe Meile weit
der alten Teufel Kralle reicht!"

Julian in Delphi

Langsam nun nahte der Herbstwind, die prächtigen Blätter zu zausen,
die sich am morgen erhoben, die letzten Strahlen des Herbstes
aufzunehmen am Tag. So trieben die kreiselnden Blätter
rings an den marmornen Säulen, den Becken des murmelnden Gottes,
und sie bewegten den Phoenix aus Messing am Turmhaus der Winde.
Delphi war leer. Und einzig der rollenden Gräser der Berge
eilten als Spottbild der einstigen Zahl bewegt auf den Plätzen.
Nur der müde Schatten des Adlers stand in den Lüften,
sonst aber nichts. Das Echo der Berge war lange verschwunden.
Damals nun pfiff der Wind durch felsige Steine und Klüfte
als im langsamen Schritt sich einige Reiter der Talschluchten
näherten und sich langsam nach beiden Seiten, zur rechten,
dann auch wieder zur linken, die felsige Gegend besahen.
Müde spielte das Herbslicht trüb auf den staubigen Panzern
und den staubigen Mänteln, da sie von den Pferden sich schwangen
und in die Richtung des Ortes mit klirrenden Sporen sich wandten.
Julians Augen stachen. Das sollte der prächtige Ort sein,
der die römischen Kaiser zwang, die Herrscher der Griechen?
Weiter ging er voran. „Ihr wartet jetzt." – „Aber mein Kaiser ..." –
„Das ist alleine mein Weg. Keiner kann ihn mir nehmen."
Langsam quietschten die Läden der Fenster in jener Straße,
die der Kaiser langsam und langsam alleine entlangging.
Delphi. Ödes Kaff. Es gab dort schon bessere Tage.
Aber es war jetzt Zeit für eine Stunde des Schicksals.
Immer näher kam er dem bleichenden marmornen Tempel.
Das also war's. Und plötzlich rührte ein Windhauch die Glocke
hoch in dem Turm, der auf einer Seite den Winden geöffnet,
und auf einer zerfallen war. Dumpf schellte die Glocke.
Wiederum. Langsam zog die Gestalt des Kaisers fast winzig
(aus der Vogelperspektive betrachtet) weiter.
Riesig schienen die Säulen auf beiden Seiten des Tempels.
Und es schallte wieder das dröhnende Läuten der Glocke.
Also stand er im Tempel. Das Wasserbecken war schmutzig.
Waren die Priester gegangen? Es schien so, denn rundum war alles
wie zurückgelassen, nach einer Schlacht oder zweien.
Julian wischte den Staub mit der Hand von den dreckigen Wänden,
plötzlich aber fiel Licht inmitten des düsteren Tempels
in einem Strahl herab, er kam aus den Schäden des Daches,
und er beleuchtete hell die Inschrift am Ende des Tempels,
die nun im goldenen Schein, inmitten des Zwielichts erglühte.
Langsam las diese Worte der Kaiser für sich und es stand da:

„Sage dem Kaiser das Haus, das schön gefügt, ist gefallen,
hin ist die Zuflucht Apolls, der goldene Lorbeer verwelkte,
stumm ist die Stimme von nun und schweigend das murmelnde Wasser."
Zwölfmal hatte die Glocke geschallt. Der Kaiser sank nieder.

Das Konzil von Konstantinopel

War auch der Spuk des Heidentums geschlagen,
so stand ein neuer Feind am Horizont,
da nun die Ketzer das zu sagen wagten,
was sie nicht mal im Heidentum gekonnt.

Und also strömte nach Konstantinopel,
zum zweiten ökumenischen Konzil,
nicht nur so mancher fromme Mann und Pope,
nein, auch an Ketzern strömte damals viel.

Denn es war damals in des Kaisers Tagen,
des großen Kaisers Theodosius,
das Ketztertum erstaunlich leicht zu tragen
und fasste kühn Beschlüsse um Beschluss.

Und darum war es nötig, dass der Kaiser
(denn Theodosius war ein frommer Mann)
die rechten Väter lud, damit sie weiser
entscheiden als der Spross des Arius kann.

Denn auch von jenem fanden sich nicht wenig
dort in der Hagia Eirene ein,
weil: Ketzern sieht es schon von jeher ähnlich:
der Wolf im Schafspelz unterm Schaf zu sein.

So wurde lange hin und her gestritten,
von welcher Art denn nun die Gottheit sei,
ob einzig, ewig, fern und nah, inmitten
der Welt, ob zwei Personen oder drei.

Doch diesmal war die Kirche gut gerüstet
(die wahre, auf dem Fels, der Petrus ist)
und stand auf festem Grund, unüberlistet,
dass Christus Mensch und Gott zusammen ist.

Da aber fragte einer voller Listen:
„Wie war es denn, als Gott auf Erden ging?

Ja glauben wir denn alle nun als Christen,
dass Holz bei Glut war und nicht Feuer fing?

So nämlich lässt sich keineswegs vereinen,
Natur der Menschen mit Natur von Gott,
denn es ist keinem Menschen, es ist keinem,
auch Gott zu sein, ein Mensch ist Mensch, nicht Gott."

Da aber sprach der fromme Bischof Gregor,
bekannt als der Gregorios von Nazianz,
als einer der drei großen Väter wegen
der Wort und Werke ungebrochnem Glanz:

„Ich höre deine Worte, doch sie sagen
mir wenig außer: Du bist mehr als stolz,
denn Männern gab der Geist die Glut zu tragen
und Gottes Sohn starb durch das hohe Holz.

Doch wenn du Dinge, die sich nicht vergleichen,
nicht finden lassen, ganz vergleichen willst,
dann wähle Glut und Eisen als die Zeichen
und ich entwerfe dir ein neues Bild:

Denk dir ein Feuer her, ein glühendheißes,
und denke Eisen dir, des Erzes Blut,
und denke dir vor Feuer rot das Eisen
und was ist Eisen dann und was ist Glut?"

So war den Ketzern bald nichts mehr zu sagen,
sie hatten, was sie wussten, längst gesagt,
und irgendwann nach ihren vielen Fragen
da hatten sie sich selber ausgefragt.

Und also stand zum Schluss nach vieler Planung,
man hatte vieles schon zuvor erwägt,
Nicäas Konstantinopolitanum,
das Wahrheit ist und in sich Wahrheit trägt.

Die Väter hatten sich nun von den Sitzen
erhoben und sie sangen Gottes Lob,
als wie ein Donner ohne jedes Blitzen
ein Windstoß heftig durch die Halle stob.

Und durch die Tür trug man darauf den greisen,
denn nun uralten Bischof Wulfila,
der fünfzig Jahre lang auf seinen Reisen
bekehrte Völker fern und Völker nah.

Und endlich hob der Greis nun an zu reden
und sagte: „Groß ist Gott, es ist vollbracht,
die Heiden sind nicht Heiden mehr, sie beten
zu Gott dem Herrn allein aus ganzer Kraft."

„Und welche Heiden?" fragten ihn die Väter,
er holte Atem und er sagte dann:
„Die Goten, doch es folgten viele später,
Vandalen, Sueben, Chatten, jedermann."

Dann sank er hin und ging sein Atem leiser
und so auch das Konzil bei jenem Schluss:
der war geweiht, als Herr Constantius Kaiser
und treu dem großen Ketzer Arius.

Chrysostomos

Nachdem das Reich der Römer sich zerteilte,
war in Byzanz, am Rand des Bosporos,
ein Patriarch, man nannte ihn Johannes,
doch häufiger dazu Chrysostomos.

„Der mit dem goldnen Munde" war sein Name,
in einer Stadt, da alles golden war,
und immer goldner wurde, jede Stunde,
und immer goldner nur mit jedem Jahr.

Doch jenes Gold, nach dem man ihn benannte,
war nicht auf Erden und es war so rein,
wie Gold nicht in den allerbesten Minen,
den besten seines Kaisers, mochte sein.

Den jenes Gold, es lag in seinem Herzen
und es schien ungetrübt im Zorn hervor,
doch auch in Milde, wenn er Gott den Herrn pries,
goss es Johannes ein in jedes Ohr.

Und es war nötig, dass ein Wort so golden
die Zeit durchdrang, die gar nicht golden war,
und sagte, was die nicht zu sagen wagten,
die wissend waren, doch der Mittel bar.

Und also stand dort eine goldne Stimme,
dagegen, dass nun jenes Gold der Stadt
zwar großen Glanz bringt und auch große Ehre,
doch seinen Sitz nur bei den Reichen hat.

Und wenn er auf der Kanzel stand, dann sprach er
auch zur Empore hoch, bis ganz nach vorn,
und wetterte und blitzte gegen Sodom
und donnernd war sein übergroßer Zorn.

Und immer wieder klagte er, dass wenig
von gleichen Menschen gleich an Mitteln sind

und stemmte sich so gegen Wind und Stürme
und war dabei sein eigner Sturm und Wind.

Sein Steuermann, sein Ruder und sein Segel,
sein Deck, sein Mast, sein Anker und sein Schott,
sein Kompass aber war allein die Bibel
und jenes Meer, auf dem er reiste, Gott.

Doch ebenso wie nur das Volk ihn liebte,
war auch der Hass der Feinde endlos groß,
und jene, die ihn liebten schienen winzig,
die Macht der, die ihn hassten, grenzenlos.

Denn ihnen stand voran die halbbarbarisch
und schrankenlos in ihren Lastern war,
die Kaiserin nach ihren eignen Gnaden,
das lastervolle Weib Eudoxia.

Und nicht umsonst rief einst zu ihr Johannes,
da sie, der Schanden Schande war taghell,
selbst vor der Kathedrale noch ihr Standbild
errichten ließ, sie sei gleich Jezebel.

Sie glühte voller Zorn und war besessen,
davon zu zürnen und die Lust war ihr
dem Zorn so gleich, dass sie der Nacht zuweilen
den Zorn nicht scheiden konnte von Begier.

Und also suchte sie sich zum Gefährten
aus Alexandria den Herrn Theophilos,
ein Bischof, dem beständig aus den Quellen
des alten Goldes neues Gold zufloss,

Der sich mit jeder Schändlichkeit bedeckte,
die unter seinem edlen Namen scheint,
da er sich aller Lebensart zum Trotze
noch ungebrochen nannte „Gottes Freund".

Und dieser Theophil nun hatte lange
schon einen Groll, seitdem Chrysostomos
ihn einst ob seiner ketzerischen Lehre
fast aus dem Schoß der großen Kirche schloss.

Und also spendete er Gold und Güter,
es war ihm wenig, doch den andern viel,
und es genügte, dass sie als Komparsen
sich eifrig mühten für das falsche Spiel.

Und schnell genug war zu Eudoxias Freude
und der des falschen Bischofs ausgemacht,
dass sie Chrysostomos verbannen wollten
und mit ihm alles Licht aus jener Nacht.

Es war Theophilos, dem falschen Bischof,
nach seiner Art, so wie er war, nicht schwer,
noch mehr von dem Gelichter aufzufinden
und alles strömte nach Byzantion her.

Auf Gold und Fleisch versessene Prälaten,
für Gold und nur durch Gold in ihrem Amt,
korrupte Mönche, wollüstige Popen,
vereint im Gold und Ketzer allesamt.

Sie kamen so zu einer Spottsynode
in einem eichenholzenen Palast,
wenn der nun noch in Brand geraten wäre:
es hätte mehr als gut dazu gepasst.

Und eines Tages also kamen Diener
den Bischof abzuholen und zu ihm,
da noch des Sonntags feierliche Ruhe
und durch die Scheiben helle Sonne schien.

Sie traten zu ihm und vor die Ikonen
und neigten sich vor ihm, ganz nach dem Brauch,
noch war die Messe gar nicht lang vorüber
und stand in allen Becken noch der Rauch,

und baten ihn, dass er mit ihnen komme,
er dankte und er ging mit ihnen mit
und hielt, so gut er konnte, mit den Häschern
auch auf dem Weg zu der Synode Schritt.

Sie hätten ihn dazu auch noch gebunden,
doch scheuten sie, da so viel Glaube war,
dass sie nicht jene weiße Hand berührten,
die ihnen Gottes Leib gab am Altar.

Und einer fiel vor ihm am Ende nieder
und sagte „Vater, glaubt, ich wollte nicht."
Da sprach der Bischof milde zu dem Häscher:
„Gott kennt dein Herz vor seinem Angesicht."

Als sie durch Arkaden weitergingen
(es war die Zeit, da grauer Regen kam
und jeden Staub von allen weiten Straßen
hinab zum Meer und endlich mit sich nahm),

Da sahen viele ihren Bischof gehen
mit jenen Häschern und sie riefen laut,
dass sie den Bischof nicht dem Kaiser ließen,
und dass die Kaiserin auf Sand gebaut.

Und also rissen sie Johannes an sich,
der es nicht wollte, doch es war egal,
und schlugen jene Schergen weg zur Seite
und bald schlug Stahl auf Holz und Holz auf Stahl.

Da wusste auch die ganze Stadt von jenem
so großen Unglück, dass sie überfiel,
und sie durchschauten schnell das mehr als falsche
von dem Theophilos erdachte Spiel

Und zogen zum Palast und schrien lauter,
dass sie den Bischof schützten und nur er,
ihr Sprachrohr, ihre Stütze und auch Hoffnung
vor allen andern in Byzantion wär'.

Und einige, die noch viel kühner waren
erstürmten auch den großen Eichensaal,
doch war Theophilos schon lang geflohen
und knirschte voller Zorn für dieses Mal.

Und selbst Eudoxia erschien am Rande
der Loge am Palast und sprach dazu,
es wäre nicht gewollt und missverstanden
und ließ den Bischof eine Zeit in Ruh.

Der suchte nur die Menge zu ermahnen,
er hätte, da der Kaiser rief, gemusst,
doch Eudoxia, im Palast verschwunden
war voller Zorn und damit voller Lust.

Und dieses eine Mal war es gelungen,
doch immer predigte Chrysostomos
und später fand sich schließlich die Verbannung,
die bittre Leiden auf Byzantion goss.

Und auf dem Weg, man hatte ihn getrieben,
damit er stürbe, starb Johannes nun
und als die einen um den Bischof klagten,
da priesen alle anderen sein Tun.

Und da er das noch hörte sprach Johannes,
es hörten viele auf dem weiten Plan:
„Dankt nun nicht mir, dem Menschen, sondern danket
vielmehr dem Herrn für das, was er getan."

Anastasius

Der alte Kaiser Zenon war gestorben,
nachdem er schon zuvor die Herrschaft ließ,
als ihn das Volk schon viel zu viel verdorben
und einen Frau-gemachten Kaiser hieß.

Von seiner Schwiegermutter war er Kaiser
und selbst in jener Zeit erkannte man,
dass zwar das Geld den Herrn auf seine Weise,
nicht aber eine Frau ihn machen kann.

Und noch dazu war jener ein Isaurer,
vom Bergland Anatoliens hergesandt,
und besser noch ein Russe oder Taurer
als so ein Kaiser, allen unbekannt.

Und daher musste er nach der Ernennung
zum Kaiser erst ein Heer nach Westen hin,
bis nach Byzantion führen und die Trennung
von seinem Volk verdüsterte den Sinn.

Er wusste schließlich, dass sie ihn nicht wollten,
und trotzdem war er Kaiser Jahr um Jahr,
weil er, wie selbst die Römer sehen sollten,
im höchsten Maße unerschrocken war.

Er glaubte das, was sie nicht glauben, fester
als sie, was er nicht glaubte, glaubten und
sie hassten ihn und doch war er als bester
der Ketzer damals schon in aller Mund.

Sie hatten ihn dann beinah lieb gewonnen
(weil: was man lange hat, gewinnt man lieb)
und waren ihm dann beinah wohlgesonnen
als er schlussendlich von der Erde schied.

Dann aber klagten sie, wie sehr zum Schaden
der Kaiser Mörder war und Ketzer ganz –

das zieht sich alles wie ein roter Faden
durch tausend Jahre in der Stadt Byzanz.

Und also brannten sie Geschäfte nieder,
denn Konkurrenz belebt nicht das Geschäft,
und eilten sich bekreuzigend dann wieder
zum Hippodrom, die Kittel hochgerefft.

Da stand, das war nun also Brauch geworden,
der nächste Kaiser auf dem Kathisma,
wie der entstand, das war den Krämerhorden
egal, solang man nur den Kaiser sah.

Nun aber stand da Aelia Ariadne,
die Kaiserin des letzten Kaisers und
es kamen alte Übel hoch, man hatte
die Frauenkaiser satt, auch ohne Grund.

Und also riefen sie auf in die Höhe:
„Gib einen Römerkaiser, einen Mann,
der orthodox ist!", riefen sie und „Wehe!",
wie nur ein Grieche das so rufen kann.

Sie wollte eigentlich den Kaiserbruder,
auch ein Isaurer, namens Longinus,
den Römern präsentieren, doch dem Fuder
von Anatoliern war am Hof nun Schluss.

Da überlegte sie sich eine Weile
was nun geschehen sollte, denn die Zeit
im Hippodrom, die drängte nun zur Eile
und jetzt stand noch kein Nachfolger bereit.

Nun aber stand in ihrer nächsten Nähe
ein großer Greis, Herr Anastasius,
ein Silentarius, dem sie auf die Höhe
der Stirne gab spontan den Hochzeitskuss.

Da riefen alle, die das so erblickten
– sie wussten nicht so recht, was nun zu tun –
den Namen aus und hinter sich erstickten
sie die Isaurer und die Perser nun.

Der Anastasius war ein bekannter
und allgemein berühmter frommer Mann
und orthodox und nur *den* Glauben kannt' er,
den man als orthodox bekennen kann.

Nun war er aber auch schon alt und weise,
vor allem alt, und über sechzig schon,
und viele fanden, dass er viel zu greise
und kränklich wäre für den Kaiserthron.

Und manche glaubten auch an ein Versehen,
dass es nun nicht der echte Kaiser sei,
da aber reichte ihm das Diadem
die Kaiserin und lobte alle drei,

Gott Vater, Sohn und Geist und alle sahen,
dass dieser Kaiser rechtens Kaiser war
und jubelten zuletzt bei seinem Nahen,
als jeder ihn auf der Empore sah.

Und einer rief da aus der großen Menge,
(ein Grüner oder Blauer, ganz egal)
in jedem Fall von dort aus dem Gedränge
urplötzlich und er rief mit einem Mal:

„Sein Name, seht den Namen, ist ein Zeichen:
ja, ana-stazein – keinen Aufstand mehr!"
Die andern Stimmen mussten also weichen,
als ob in dieser nur die Wahrheit wär'.

Und schließlich riefen alle wie aus einem,
aus einem Mund und riefen zum Beschluss,
die Blauen, Grünen traulich in Vereinen:
„A-na-stasius! A-na-stasius!"

Die Herrin Ariadne aber dachte,
es könnte nun so schlimm ja auch nicht sein,
denn dieser greise Kaiser, nun der machte
ja keine Jahre mehr und ginge heim.

Dass es dann aber siebenundzwanzig Jahre
für Kaiser Anastasius würden, nicht;
erahnte sie's doch kaum, da graue Haare
schon jetzt umrahmten schillernd sein Gesicht,

Auch dass er jener Kaiser werden würde,
der einen Grund bereitete zum Plan,
für den, der später neu in Amt und Würde
den Römernamen brachte, Justinian.

Und seltsam war an ihm zum Schluss nur eines,
(sein Herrschen war sehr milde in dem Staat),
dass er, es sei ein Wunder oder keines,
nur weil er orthodox war, Kaiser ward.

Phokas

Der Kaiser Phokas hat wohl wenig gutes
in seiner Zeit getan und vieles schlecht.
Doch steht es außer Frage, dass er schließlich,
er, der die Zeit des Römertums beschließen,
die neue Zeit des Abendlands begrüßen
und Schlussstein der Tyrannenherrscher war,
auch eine Sache gut getan hat, nämlich
in Rom das Pantheon dem Papst zu schenken,
dass so erhalten blieb, ein schönes Bauwerk
und wie Lucullus um der Kirschen willen,
so sollte man ihn darum nicht verdammen.
In jedem Fall jedoch erzählt man sich,
dass er, nachdem auf allen Seiten endlich,
von Westen, Osten, Süden, Norden damals
die Feinde in das Reich gelangten und
die Römer selbst den Perserkönig priesen,
da er die Herrschaft Phokas zu beenden
und einen bessern Kaiser Rom versprach,
die Slawen auf den Balkan bis Athen,
die Langobarden nach Italien drangen
und nur der große Gregor Rom zu retten
mit seinen Männern vor die Mauern kam,
derweil am Bosporus der Schrecken herrschte
und alles was von dem Senat geblieben
und von der alten Römertugend war
durch Feuer und durch Schwert zu Boden ging,
dass damals nun der Kaiser Phokas, dem
kein Freund mehr und kein Mann geblieben war,
nach Rom ging, dessen grauende Paläste
noch immer standen, wenn auch angeschlagen
und von den Kriegen Justinians gezeichnet,
er schließlich vor den Papst, vor Bonifaz
den vierten, trat und ihm zum Schluss des alten,
des Römerreiches, seine Krone vor
die Füße legte und ihm sagte, dass
wer Kaiser ist, nicht auch noch Christ sein kann.
Da wollte Bonifaz die Krone nicht

86

behalten, denn sie stand dem Kaiser zu.
Der aber gab sie ihm und machte sich
in Richtung jener Stadt, die er verlassen,
der Stadt Konstantinopel auf um endlich,
die Strafe anzunehmen, die sein Gegner,
der in Karthago aufstand, ihm zu geben
entschied und endlich sich dem Feind zu stellen.
Doch vorher hatte er befohlen, dass
man eine Säule auf das Forum stelle,
sie war aus alter Zeit und gut gemeißelt,
noch aus den Zeiten des Valerian
und setzte zur Erinnerung sein Standbild
mit einer Inschrift hin, worauf zu lesen
und zu vernehmen stand, dass er der Masse
als Kaiser nicht gerecht geworden sei,
nicht dem Senat und auch nicht Gott dem Herrn.
Der Papst jedoch, ein frommer Mann, entschied sich
die Inschrift auszutilgen, und an ihre,
der Inschrift Stelle eine neue hin-
setzen zu lassen, da zwei Dinge
der Kaiser Phokas der Stadt Rom gewährte:
das Pantheon und noch dazu den Frieden,
denn einzig in Ravenna und in Rom
hat er zu jenen Zeiten nicht gewütet
und das erschien dem Papst so gut und würdig,
dass er die Inschrift setzte, die Exarch
Smaragdus ganz aus seinen Mitteln zahlte.
Von jener Krone aber, die noch immer
in seinen Truhen lag, ließ Bonifaz
rein goldne Münzen schlagen um den rauen,
den wilden Langobarden Wein und Brote
aus ihren Orten abzukaufen, die er
sodann den Armen in den Straßen gab.
So endete die alte Zeit der Menschheit
und eine neue Sonne schien am Himmel.

Anhang: Der Eremit

Herr Theodosius, der Kaiser
(der zweite seines Namens war es),
der liebte sehr die Jagd im Felde
und nutzte jede freie Stunde,
die ihm das Kaisersein noch frei ließ
um auf die Pirsch zu gehn, wie üblich.
In seiner Zeit nun war ein Klausner,
ein Eremit, ein frommer Mann war's,
der abgeschieden von der Welt sich
in einer Höhle Gott ergeben
und ganz dem Herrn gewidmet hatte.
Der lebte nun von jenem bisschen,
das auch Johannes einst, den Täufer,
am wilden Hang in einer Wüste
ernährte und den Leib erhielt.
Er tat nun gerade seine Werke
und betete den Psalter innig,
da klopfte es an seiner Klause
und eintrat da vor ihm der Kaiser.
Der Klausner wunderte sich erstmal
und wusste nicht, wer dieser Mann sei,
der da an seiner Klause klopfte
und wie ein Adliger erschien.
Er grüßte ihn nach Christensitte
und bat den Kaiser in die Zelle,
die ärmlich war und jenes würdig,
der darin seinen Dienst verrichtet.
Er gab ihm Milch und gelben Honig,
den er von wilden Bienen hatte,
die in der Nähe Waben bauten
den alten Klausner zu erquicken.
Des Weiteren gab er ihm Milch die,
von wilden Ziegen stammte, süße
und frische Milch, wie Wolken weiße.
Das nahm der Kaiser und saß lange
und aß und trank in tiefer Stille,
da ihm die Kühle in der Höhle

umgab und draußen Wüstenhitze.
Dann sah er langsam auf und sagte:
„Wisst ihr denn, Vater, wie ich heiße?" –
„Das weiß ich nicht", so sprach der Klausner,
„verzeiht mir, wenn ich wissen müsste,
mit welchem Namen ihr euch schmückt,
denn nun, so müsst ihr wissen, kenne
ich lange schon die Welt der Menschen
nicht mehr mit eignen Augen, doch es
erfreut mich, wenn ich einen Menschen,
der ja ein Bruder ist, hier draußen
in dieser Wüste sehen darf.
So kenne ich euch nur als Bruder."
Da sprach der Fremde zu ihm also:
„Mein Vater nun: Ich bin der Kaiser."
Da warf sich tief zum Boden nieder
der alte Klausner und er übte,
so wie es Brauch ist, Proskynese.
Doch es erhob ihn rasch vom Boden
der junge Kaiser und er sagte:
„Mein Vater, niemals war mir derart
so wohl wie heute in der Klause,
die ihr hier habt, bei eurem Honig,
und niemals war mir so viel Kühle
inmitten meiner heißen Wüste
wie heute in der Höhle hier.
Ich räume euch nun einen Wunsch ein!"
Da dankte ihm der alte Klausner
und blickte auf den jungen Kaiser:
„Es ist nichts, dessen ich bedürfte,
denn alles was ich brauche, ist hier
in dieser Höhle aufzufinden:
in Milch und Honig, was mein Leib braucht
und klares Wasser wird sich finden
und für die Seele dort das große
weit eingebundne Buch, die Bibel."
Da ward es still um Theodosius
und er erbat des Klausners Segen.
Der segnete den Kaiser, der sich

nach draußen zog, wo ihn die Hof-
gesellschaft schon seit langem suchte.
Und heimgekehrt dann, in Byzantion,
da dachte er noch lang des Klausners,
der gerade in dem neuen Tag saß
und betete zum dritten Mal den Psalter.

ENDE

Von Hansjoachim Andres, einem der Herausgeber, ist erschienen:

Kolumbus – Versdrama in fünf Akten, ISBN 9783842367333

Verserzählungen, Gedichte und Balladen – Band 1,
ISBN 9783844806847

Helenos und Helena – Fabel in Versen aus einem trojanischen
Krieg, ISBN 9783744814966

„Wer hat eigentlich zuletzt in Blankversen gedichtet? Bertolt
Brecht hat das getan, im ‚Arturo Ui‘. Dabei hat er den Vers
ebenso wie nach ihm Heiner Müller aus Gründen der ironischen
Subversion noch einmal ausgepackt. Johannes R. Becher hat ihn
dann wieder ganz ernsthaft benutzt, und auch Rolf Hochhuths
Skandalstück ‚Der Stellvertreter‘ von 1963 war ja in einer Art
Blankvers geschrieben, aber, na ja. Andres nun imitiert ebenso
ernsthaft Shakespeare und Schiller.“

DIE WELT über „Kolumbus“